Über den Autor

Jahrgang 1948, verheiratet, von 1998 bis 2001 Aufenthalt in Namibia, lebt jetzt in Schlangenbad.

Studium der deutschen Sprache und Literatur, Politologie und Soziologie an der Johann Wolfgang Goethe - Universität in Frankfurt am Main. Erstes und Zweites Staatsexamen für das Lehramt an Gymnasien; 1982 Promotion zum Doktor der Philosophie. Studienrat am Gymnasium in Frankfurt am Main.

Veröffentlichungen:

Der lange Tod der Hibiskusblüte
Im Haus der Nachtkatze
Africamerone
Hommage to Africa
 (in der Anthologie „Meandering Paths")
Moderation Mord (2011)
Colour Undetermined- Farbe unbestimmt (2011)
Stories for Africa (2012)
Der E-Eater (2012)
Spiel mit mir „Ich töte dich"! (2012)
Die schönen Töchter der MORBID INVEST (2013)
Fräulein M.Ord (2013)
Kampfhähne in der 8b (2013)

WIDMUNG

Für meinen Mentor,

Herrn Professor Dr. Horst Dieter Schlosser,

der mich gelehrt hat,

heiße Eisen mit kalten Worten anzufassen.

Dafür bin ich ihm dankbar.

als das gras zu rosten begann...

Mörderische Geschichten

Von

Johannes O. Jakobi

www.tredition.de

© 2014 Johannes O. Jakobi
Umschlag, Bild: Brigitte K. Jakobi

Verlag: tredition GmbH, Hamburg

ISBN
Paperback   978-3-8495-9498-5
Hardcover   978-3-8495-9499-2
e-Book   978-3-8495-9500-5

Printed in Germany

Inhaltsverzeichnis

VORGESCHMACK UND NACHGE-SCHMACK

Falsche verwandtschaftliche Beziehungen zwischen gleichfalls falschen Personen können schnell tödlich enden, besonders dann, wenn Habgier, Neid und Missgunst mit im Spiel sind. ALS DAS GRAS ZU ROSTEN BEGANN, ist es Juli, und die Raupen des Tagpfauenauge-Falters sind schon längst geschlüpft. Nichts aber ist so gefährlich, wie wenn wunderschöne Schmetterlinge in der Luft gaukeln und junge Mädchen locken und verführen. Danach erwacht, drunten in der Sommerwiese, das blanke Entsetzen.

Unser fantastisches Internet eröffnet uns Usern höchst interessante Möglichkeiten, uns in Form einer Chronik der neugierigen Mitwelt gebührend zu präsentieren. Gerne werden dazu unschuldige Daten, Fotos und die beliebten Selfies hochgeladen, die uns immer märchenhafter erscheinen lassen. Warum soll man auch sein Licht unter den Scheffel stellen, wenn es so schön strahlt? Doch allzu hell sollte es nicht scheinen, denn dann zieht es auch dunkle Gestalten an, die gerne nichtsahnende Mädchen heimlich und geschickt manipulieren, bis diese ihnen zu Willen sind. Die SCHÖNE NEUE CHRONIK ist eine solch perfide Falle, die erbarmungslos zuschnappt.

WENN LEHRERINNEN LIEBEN, dann freuen sich die Schüler! Nur hüte man sich davor, diese Liebe schnöde zurückweisen zu wollen, denn dann wird es ernst. Selbst harmlos erscheinende Techtelmechtel provozieren allerhärteste Bestrafung. Unkeusches Verhalten oder gar frivoles Flirten dürfen an einer seriösen Schule nicht geduldet werden. Dazu zählen auch heimliches Flüstern und zu schrilles Lachen. Wenn man aber darüber wahnsinnig wird, sollte man es tunlichst geheim halten. Eine jede Lehrerin ist leicht durch eine noch strengere Person zu ersetzen!

Die meisten von uns wissen, wie unangenehm NASENBLUTEN werden kann. Minutenlang ist man ihm hilflos ausgeliefert. Als besonders störend erweist es sich beim Küssen. Was aber ist, wenn es überhaupt nicht mehr aufhören will zu bluten? Kann ein Opfer für diese ewigen Nasenblutenattacken sogar bestraft werden? Etwa mit dem Tode? Wo bleibt da die himmlische Gerechtigkeit, wenn die irdische versagt? Oder sinnt auch erstere auf blutige Rache?

EL BRUJITO ist DAS HEXENMEISTERLEIN, dem es an geeigneten Jungfrauen zum Zersägen mangelt. Da hilft selbst ein sprechendes Kaninchen nicht. Nur ein kleines Mädchen hält noch zu ihm. Um wie viel leichter haben es da die existentialistischen Künstler NATAS und TTOG, die gemeinsam aus dieser Welt verschwinden wollen?

Allerdings nicht, ohne vorher noch eine furchtbare Tat begangen zu haben!

Von ihrer Forschungsarbeit besessen, entwickelt die ehrgeizige Professorin eine mehr als gewagte Theorie über die Ursachen für die Aggressivität bei Männern. Dazu sammelt und analysiert sie Proben aus den unterschiedlichsten Quellen. Doch irgendwann reicht das alles nicht mehr aus, und FRAU PROFESSOR LÄSST BITTEN. Ihre junge Assistentin soll sich für ein Experiment zur Verfügung stellen. Nicht ganz freiwillig, denn die Bitten ihrer Chefin sind in Wahrheit rücksichtslose Befehle, die ohne Wenn und Aber zu befolgen sind. Als der harte Harald die Institutsräume betritt, wird es blutiger Ernst. Und alles im Dienste der wissenschaftlichen Grundlagenforschung!

ALS DAS GRAS ZU ROSTEN BEGANN

"Death must be so beautiful. To lie in the soft brown earth, with the grasses waving above one's head, and listen to silence. To have no yesterday, and no tomorrow. To forget time, to forgive life, to be at peace."

Oscar Wilde "The Canterville Ghost" (1887)

Als sie zu sich kommt, kann sie absolut nichts sehen. Ringsum ist es stockfinster und verdammt eng. Sie weiß nicht, wo sie sich befindet, verspürt heftige Schmerzen am Hinterkopf und ein scharfes Ziehen in ihrem Nacken. Irgendetwas hat sie geweckt, muss dabei ihr Gesicht berührt haben, sanft und schmeichelnd. Aus der Erfahrung heraus tippt sie auf Haare. Doch woher sollten diese fremden Haare kommen, denn ihre eigenen, so erinnert sie sich, hatte sie glatt zurückgebürstet und, wie bei einer Ballerina, zu einem Dutt gebunden. Wessen Haare also konnten in dieser Finsternis über Stirn, Nase und Mund hinweg gestrichen sein? Vorerst lässt sich diese Frage nicht beantworten. Doch, was ist mit ihren Händen? Befremdlicherweise hält sie diese vor der Brust gefaltet als betete sie. Warum nur und zu wem? Wie konnte sie denn überhaupt in dieser Haltung eingeschlafen sein? So ganz anders, als es sonst ihre Art war, nicht wie üblich auf der Seite liegend. Vorsichtig entflicht sie ihre Finger aus der Gebetsverschränkung und will die rechte Hand hoch zu ihrem Gesicht führen. Es geht nicht; erst ein weicher, federnder Stoff, dahinter ein solider Widerstand. Erneut diese Haare! Jetzt direkt über ihrem Handrücken. Sie will Gewissheit, versucht nun, diese Haare zu fassen. Bei der Drehung der Handfläche hin zu ihnen fühlen ihre Finger, dass an deren Enden feine Knötchen hängen. Als sie leicht daran zieht, reißen sofort zwei oder drei von ihnen ab. Gleichzeitig netzt irgendetwas ihre Fingerkuppen. Haare, die Feuchtigkeit absondern? Ging das mit rechten Dingen zu? Konnte es derlei überhaupt geben? Haare bleiben trocken, auch wenn man sie abreißt. Aus diesen hier aber quillt eine Flüssigkeit, die sich leicht schmierig anfühlt: Saft, Speichel, Serum, Blut? Liegt sie etwa hier im Dunkeln, weil sie verletzt ist? Angestrengt tasten ihre Finger weiter. Diese seltsam klebrigen Haare teilen sich in weitere, feinere Spitzen. Über ihrem Kopf scheinen sie aus etwas Festem, Erdigem zu wachsen. Jetzt kann sie es sogar riechen, dass es Erde sein muss. Frische, duftende Erde, die dennoch schwer auf Kopf und Körper drückt. Sachte erst presst sie ihre Hand dagegen, dann ängstlicher und heftiger. Ohne Erfolg, die Barriere gibt keinen Zoll nach. Mit den Fingerknöcheln versucht sie, Klopfzeichen zu geben. Natürlich antwortet niemand. Der Stoff, den sie dabei fühlt, schmiegt sich dicht an die Erde, die ihn umgibt. Seine Konsistenz empfindet sie weder als sonderlich hart noch richtig weich. Ihre linke Hand, die noch auf der Brust verblieben ist, greift zur Seite, wird aber sofort von einem Hindernis gestoppt. So ergeht es der rechten, die auf eine unsichtbare Wand trifft. Als dann noch der Rücken signalisiert, dass er gleichfalls auf einer harten Unterlage ruht, da manifestiert sich in ihrem Bewusstsein ein helles Entsetzen. Kein Zweifel, sie befindet sich unter der Erde, eingehüllt in ein festes Tuch oder einen grobstrukturierten Sack. War sie bereits tot und ist nur kurz erwacht, um sich erneut zu grausen? Gestorben und beerdigt? Oder beerdigt und anschließend gestorben? Aber nicht in einem christlichen Grab, sondern verschnürt und verscharrt? Ohne ein allerletztes Gebet? Der Boden über ihr mit derben Stiefeln hastig platt getrampelt? Und bei dem, was sie für Haare gehalten hat, handelt es sich in Wahrheit um die sanften Wurzeln der ausgehobenen und wieder zurückgesetzten Grasnarbe, die durch das Gewebe, in welches sie eingehüllt liegt, gedrungen sind …

„Ich war gestern im Wald, wollte nach ihr suchen. Gerade im dichten Unterholz könnte man das Mädchen hervorragend verstecken. Es könnte dann lange dauern, bis man es endlich fände. Und möglicherweise auch nur aus purem Zufall heraus. Natürlich war nichts von alledem zu entdecken. Saß hernach noch eine gute Weile am Bach, dort, wo er in die Wiese einmündet. Habe den Tagpfau-enaugen zugesehen, die gerade aus ihren Kokons geschlüpft sind. Hier in dieser feuchten Wiesengegend scheint es viele von ihnen zu geben, und sie lassen sich besonders gerne auf den Blättern der Brennnessel zur Ruhe nieder. Irgendwie musste ich dabei an diese Melanie denken. Auf den Fotos, die uns ihr Onkel überlassen hat, zeigt auch sie so etwas Anmutiges, Zartes, Fragiles, aber auch Verletzliches. Ich frage mich, warum sie niemand finden konnte, nachdem sie angeblich so plötzlich verschwunden ist. Wo sie wohl sein mag? Ob vielleicht über ihr jetzt auch die Schmetterlinge gaukeln?", berichtet die erste Stimme.

„Wer kann das wissen, wenn sich keiner aus der Familie um ihr Schicksal kümmert. So, wie uns ihr Onkel berichtete, hatte das arme Kind wahrlich keine gute Zeit. Nach dem frühen Tod der Mutter lastete die ganze Frauenarbeit in Haus und Hof auf ihren Schultern. Für derlei anstrengende Tätigkeiten war sie eigentlich zu zart gebaut, aber darauf können diese derben Landleute hier keine Rücksicht nehmen. Und zum Dank dafür kümmert man sich noch nicht einmal um sie. Obwohl ich sie nicht kenne, tut sie mir von Herzen leid. Aber was willst du anderes erwarten bei diesem verschlossenen Vater und diesem seltsamen Bruder? Nachdem ich mit ihnen gesprochen habe, werde ich den Verdacht nicht los, dass beide lügen, froh sind, diese Melanie aus dem Weg zu haben. Die wissen beide mehr, als sie zugeben. Solche Kerle sind mir arg suspekt. Die erste Frau gebiert jenen wichtigen Stammhalter für den Bauern. Dann verstirbt sie auf mysteriöse Weise. Man munkelt, sie habe sich umgebracht, sei gar nicht einfach nur ertrunken. Der Witwer heiratet erneut. Diese Frau schenkt ihm ein Mädchen und überlebt das erste Jahr nicht. Auszuschließen, dass jemand da nachgeholfen haben könnte, wäre das ebenfalls nicht. An dieser Familie, sag ich dir, ist alles oberfaul", ergänzt die zweite Stimme.

„Das sehe ich ganz genauso wie du. Dieses scheinheilige Getue darüber, wohin auch immer Melanie verschwunden sein könnte! Genau wie diese Krokodilstränen, die sie vergossen haben wollen, und all jene unglaubwürdigen öffentlichen Aufrufe: ‚Bitte, liebe Melanie, kehr doch zu uns zurück!' Nein, ich sage dir, Vater und Sohn stecken beide unter einer Decke! Die versuchen, die wahren Umstände zu vertuschen. Denen kam das gerade recht, dass Melanie so spurlos verschwunden ist. Wenn unser Auftraggeber ein Testament zugunsten dieses Mädchens hat errichten lassen und Melanie nicht mehr aufzufinden ist, dann ergäbe es sich, dass das ihr zustehende Erbe an ihren Vater, den Bruder ihres Onkels, fallen würde. Damit wären für den Bruder sämtliche finanziellen Probleme mit einem Schlag aus der Welt, und zusätzlich brauchte er sich nicht weiter um das taubstumme Mädchen zu kümmern. Eine derartige

Konstellation läge natürlich keinesfalls in der Absicht des Erblassers", empört sich die erste Stimme.

Eine Pause des Schweigens entsteht, dann ergänzt die erste Stimme ihren vernichtenden Kommentar:

„Das wäre diesem Bruder und seinem Sohn auch nicht zu gönnen. Der Onkel war sich sogar weitgehend sicher, dass Melanie nicht einfach verschwinden würde. Eher glaubt er an irgendetwas Schreckliches. Zu schnell und unter übertriebenem Mitgefühl waren ihr Vater und der Bruder dabei, das Gerücht zu verbreiten, Melanie sei letztmalig gesehen worden, als sie per Anhalter auf der Landstraße unterwegs war. Wenn das als eine Komödie für die Mitwelt angelegt sein sollte, gut, aber welche Absicht steht dahinter? Meine Spürnase signalisiert mir, dass sich das Mädchen nicht allzu weit von hier befinden dürfte. Ein verdammt ungutes Gefühl, sag ich dir. In diesem Zusammenhang ist mir dort auf der Wiese eine höchst merkwürdige Sache aufgefallen. Eigentlich etwas, das gar nicht sein kann. Ganz in der Nähe jener Stelle, an der ich die Schmetterlinge beobachtete, schien mir, als würde dort das Gras zu rosten beginnen."

„Rosten?", fragt die zweite Stimme zweifelnd nach. „Gras kann doch nicht rosten, es vertrocknet, welkt oder verfault. Von einem möglichen Rostbefall habe ich noch nie vorher gehört."

„Das weiß ich selbst", widerspricht die erste Stimme. „Aber es war so, als entwickelten die Grashalme an ihren Unterseiten, wo sie aus dem Boden emporwachsen, eine rostige Konsistenz. Gerade so, als würden sie diese unmögliche Farbe direkt aus der Erde gesogen haben. Wenn das kein übles Omen ist!"

„Willst du damit zum Ausdruck bringen, dass diese Melanie schon tot ist und uns bei unserer Suche hiermit ein Fingerzeig gegeben werden soll?", fragt die zweite Stimme etwas skeptisch. „Wie sollte ausgerechnet vergammeltes Gras das Symbol für vergossenes Blut sein? Wenn es sich beim Verschwinden des Mädchens tatsächlich um ein Verbrechen handelt, dann könnte ich mir eher einen schlammigen Waldsee als Ablageort der Leiche vorstellen als eine sonnige Wiese, über der die Schmetterlinge flatternd ihre Hochzeitstänze vollführen. Da können unschuldige Grashalme beim besten Willen keine Blutfarbe aus einem menschlichen Körper ziehen."

Das Weibchen des Tagpfauenauge-Falters nähert sich in anmutigen Kreisen und Schwüngen der Brennnesselstaude. Nachdem es sich auf einem der Blätter niedergelassen hat, faltet es die Flügel so zusammen, dass es aus der Entfernung kaum mehr auszumachen ist, eher wie ein vertrocknetes Blatt wirkt. Geradezu gegen die Gesetze der Schwerkraft krabbelt es kopfüber bis unter das Blatt und legt dort seine grünen Eier in kleinen Haufen an dessen Unterseite ab ...

Während der Unterhaltung schwenkt die erste Stimme auf die Gegenargumente der zweiten ein, beginnt ihrerseits zu zweifeln:

„Sicherlich nicht. Vermutlich habe ich mich geirrt und es war reine Einbildung oder eben nur ein Wunschdenken, Melanie auf diese Weise zu finden."

... Nicht lange nach der Eiablage sind die Jungraupen geschlüpft, die Eier leer und durchsichtig ...

Doch jetzt ist es an der zweiten Stimme, zumindest die Möglichkeit, dass es tatsächlich anders sein könnte, erneut kritisch in Erwägung zu ziehen:

„Vielleicht ja, vielleicht aber auch nein. Ich glaube durchaus an Symbole. Oftmals drücken sie etwas aus, was man sonst nur schwer in Worte fassen kann. Wenn ein Ast dir beispielsweise den direkten Weg versperrt oder ein Dornenzweig an deiner Hose reißt, mag das sehr wohl bedeuten, dass du nicht weiter gehen sollst oder nur unter allergrößter Vorsicht. Und wenn, wie in unserem Fall, das Gras nicht rosten dürfte, es aber dennoch tut, dann sollten wir dieses Zeichen nicht länger diskutieren oder ignorieren. Lass uns den Sachverhalt möglichst bald überprüfen! Ich mache dir folgenden Vorschlag: Morgen gehen wir beide zusammen hin zu dieser ominösen Stelle und sehen uns die Szenerie mal genauer an."

„Gut. Einverstanden!"

Langsam entfernen sich die zwei Stimmen. Zurück bleibt der bittere Geschmack der zu findenden Wahrheit. Doch was nützt diese, wenn ein Mensch bereits nicht mehr atmet? Nur in der obskuren Literatur vermag ein Ermordeter wieder aufzuerstehen, um am Täter nachträglich Vergeltung zu üben. Welcher der sonstigen Toten aber erinnert sich noch daran, wie es vordem war und was geschehen ist?

Heiß brennt die Nachmittagssonne des Juli auf das weite Areal des väterlichen Bauernhofes. Melanie steht im Schatten, sieht den Hühnern zu, wie sie im Sand baden, sich plustern und genüsslich pullen, als wollten sie gemeinsam ihren stolzen Hahn verführen, der da auf seinen gelben Beinen Wache über sie hält. Alle seine Hennen produzieren konventionell weiße Eier, und ihr Hahn weist ihnen die Stelle zu, wohin genau sie diese legen sollen. Melanie hätte es gerne gehabt, dass ihr Vater auch mal einen Gockel mit grünen „Gummistiefeln" einsetzen würde, dann könnten die Hennen zur Abwechslung auch grün-türkise Eier legen. Indes scheint der Vater in derlei Dingen fast abergläubisch zu sein, will partout nicht mitziehen. Melanie findet das äußerst schade. Gleichviel, ob grüne, weiße oder braune Eier, für sie sind diese ohnehin der Inbegriff des werdenden Lebens, und sie liebt es, frühmorgens in den Hühnerstall zu gehen und die noch warmen Eier zu sammeln. Stets denkt sie, dass sich darin durchaus winzige Küken befinden könnten, und wenn ihr Vater die meisten Legehennen nach zwei, drei Jahren schlachtet, dann lässt er manchmal die eine oder andere Glucke auch brüten, um wieder Nachwuchs zu bekommen.

Melanie trägt ein kurzes Sommerkleid mit lustigen Schmetterlingen darauf. Zu dieser warmen Jahreszeit läuft sie am liebsten barfuß, freut sich ihres jungen Lebens als Teil der wunderbaren Natur. Dies freilich ist keineswegs immer der Fall, denn ganz viel von der Alltagswelt ist ihr dauerhaft verwehrt. Sie vernimmt nicht, wie der Hahn nach seinen Hennen ruft, auch nicht das Gackern der Hühner, wenn sie gelegt haben oder das Piepsen der geschlüpften Küken, wenn sie ihren Müttern ängstlich hinterherrennen. Melanies Klangkosmos kennt keine Töne, die Informationen tragen. Undefinierbare Geräusche arbeiten stattdessen gegeneinander, durchkreuzen oder überlappen sich, sodass dennoch keine Ruhe herrscht. Deshalb bleibt sie stumm, könnte ohnehin nicht hören, was sie da mühsam artikuliert. Sprach- und regungslos steht sie dabei, wenn ihr Bruder brutal deutlich sagt, dass seine taubstumme, blöde Schwester endlich für immer aus seinem Leben verschwinden solle. Ja, sie lächelt fröhlich, obwohl er lauthals verkündet, dass er derjenige sein wird, der einmal den ganzen väterlichen Hof erben wird, ohne mit ihr teilen zu wollen. Sogar die widerwärtigsten und unflätigsten Sätze flüstert er in ihr Ohr, sodass Melanie lachen muss, weil es sie kitzelt. Alles, was der Bruder an Vorsichtsmaßnahmen zu beachten hat, ist, sich bei seinen bösen Worten wegzudrehen, um Melanie nicht versehentlich von seinen Lippen lesen zu lassen.

Melanies Bruder ist ein derber Gesell. Nicht ganz achtzehn Jahre alt, kann er es kaum erwarten, volljährig zu werden, um selbst über sein Leben bestimmen zu können. Mit dem verhassten Vater hat er eine Art Burgfrieden geschlossen, anders würde es auch nicht gehen. Beide sind aufbrausend und jähzornig bei jeder Gelegenheit und auch sonst unbeherrscht, grob und gemein. Er gönnt Melanie nichts. Im Gegenteil! Da er weiß, dass Melanie, die Lieblingsnichte des gemeinsamen Onkels, einst dessen ganzes beachtliches Vermögen erben wird, ist sein Vorhaben so simpel und grausam wie sein Gemüt: Sowie Melanie erbt, wird sie sterben müssen! Indes ist dieses mörderische Ziel in greifbare Nähe gerückt, denn der Onkel ist durch ein Krebsleiden bereits vom Tode gezeichnet. Als Melanies Mutter, eine kleine, zarte Frau kurz nach Melanies Geburt den Freitod wählte, hat dies den Schwager schwer getroffen. Er will nun an seiner Nichte, die bereits als taubstummes Mädchen zur Welt kam, das wiedergutmachen, was ihr Vater bei deren Mutter an Liebe hat fehlen lassen. Melanies Bruder, genauer gesagt, Halbbruder, Sohn aus der ersten Ehe des Vaters mit einer Magd, kann er dagegen nicht ausstehen. Dieser Junge habe einen verschlagenen Blick und ein hinterhältiges Wesen. Eine Einschätzung, mit der er keineswegs daneben liegt.

Wenn seine Schwester Melanie, so der Gedankengang ihres Halbbruders, den reichen Onkel erst beerben und hinterher sterben würde, dann wäre sein Vater der Nächste in der Erbfolge. Würde danach sein ungeliebter Vater ebenfalls durch einen „Unfall" tödlich enden, dann wäre der Weg frei für ihn als einzigem Sohn, und ein Leben in Saus und Braus mit dem Geld des Onkels würde auf ihn warten. Dennoch, warten ist nicht seine Stärke; es muss schneller gehen. Nach langem, angestrengten Grübeln kommt ihm der zündende Einfall, dass er ja gar nicht ausharren müsste, bis seine Schwester erbt. Er könnte sie bereits vorher töten, denn sein Vater würde ja sofort an deren Stelle als Erbe treten. Wozu also überflüssigerweise tatenlos dasitzen? Gelänge es ihm jetzt schon Melanie umzubringen, hätte das zudem weitere Vorteile. Erstens sollte das dem Onkel, der ohnehin bereits vom Tode gezeichnet war, vorzeitig das Herz brechen, und zweitens würde zwischen Melanies „Verschwinden" und dem späteren „Unfall" seines Vaters mehr Zeit verstrichen sein, sodass für Außenstehende keinerlei direkte Zusammenhänge erkennbar wären.

Mit derlei Gedankenspielen ist der Bruder übrigens nicht alleine. Auch Melanies Vater ist ihr mitnichten freundlicher gesinnt. Nicht nur, dass er für seine Tochter keinerlei positive Empfindungen hegt, lehnt er Melanie sogar komplett ab. Er repräsentiert den Typ Bauer, der ohne Gewissensbisse die Tiere tötet, die aus der Art geschlagen sind. Dazu gehören Hähne mit grünen Beinen und Hennen, die Eier in den falschen Farben legen, Kälber, die nach der Geburt zu lange entkräftet liegen bleiben, und Hofhunde, die nicht sofort wütend zubeißen wollen. Was also soll ein Mann wie er mit einer behinderten Tochter? Und was will ein derart unnützes Wesen mit dem vielen Geld seines Bruders anfangen? Derjenige Mann, der Melanie einmal heiraten würde, so seine Meinung, wäre gewiss lediglich an ihrem Geld interessiert. Die Schlussfolgerung liegt nahe, dass ein solch eheliches Zwischenspiel vollkommen überflüssig wäre und es eigentlich an ihm sei, den wohlhabenden Bruder an Melanies Stelle übergangslos zu beerben.

Trotz der vielen Widrigkeiten und Anfeindungen ist Melanies Welt dennoch weder freudlos noch leer. Gerade ihren Onkel, der einige Jahre älter als ihr Vater ist, liebt sie fast abgöttisch. Wann immer er zu Besuch auf den Hof kommt, ist sie sofort da, umarmt und küsst ihn, als wäre er ihr leiblicher Vater. Im Stillen wünscht sie sich das sogar, doch ist er leider nur der Onkel. Immer gut gelaunt und liebenswürdig, ist er eben so anders als der gefühllose Vater. Niemals verstellt er sich, meint es ehrlich, wenn er sie seinen kleinen Schmetterling nennt und sie liebevoll mit seinen Armen umfängt. Wenn sie dann aufgeregt ist und unartikulierte Gurgeltöne von sich gibt, legt er ihr zärtlich seinen Finger auf ihre Lippen, signalisiert ihr so, dass sie doch nichts zu sagen brauche, er verstehe sie in jedem ihrer unausgesprochenen Worte. In Melanies zartem Wesen erkennt er seine viel zu früh verstorbene Schwägerin wieder. Er liebt dieses einfühlsame und erfrischende Geschöpf. Um diese herzliche wechselseitige Beziehung nicht zu trüben, hat er allen verboten, Melanie wissen zu lassen, dass er so krank ist und dass er ihr nach seinem Tode sein gesamtes Vermögen zugedacht hat. Er verlangt nicht ihren Dank, will sie so natürlich und unverstellt wie möglich. Selbst dann, wenn ihn die Schmerzen peinigen, scherzt und schäkert er mit ihr, dass sie vor Entzücken darüber dauernd den Mund weit aufreißt, als wollte sie ihm wortreich damit bedeuten, wie viel Freude er ihr bereitet. Anders als ihr ständig nach Schweiß und Tabak riechender Vater duftet der Onkel überdies auch besonders gut. Stets trägt er einen Taschenflakon seines Parfüms bei sich. Melanie bettelt mit großen Augen und wilden Handzeichen, möchte von seinem Duft immer etwas abhaben:

‚Bitte, liebster Onkel Erwin, noch einen klitzekleinen Spritzer!‘

So jungenhaft ist er noch, ihr totkranker Onkel, dass er sich nicht zweimal bitten lässt, sondern sie besprüht, wo auch immer sie will oder wohin ihn sein eigener Kobold treibt: Hinter ihre niedlichen Mausohren, in die Handinnenflächen, auf den Saum ihres kurzen Kleides. Er hört, wie sie vor Vergnügen quietscht, ihm ihre kindliche Freude so herrlich unverdorben mitteilt. Gerade für diese kostbaren Augenblicke mit ihr, in denen er seine Schmerzen vollkommen vergisst, lebt er.

Bevor er dann endgültig ins Krankenhaus übersiedeln muss, kommt er ein letztes Mal. Zu Melanies großer Überraschung hat er ihr ein hübsch verpacktes Geschenk mitgebracht, dessen Inhalt sie bereits im Voraus zu kennen scheint. Doch statt mit wilden, gierigen Fingern die Umhüllung aufzureißen, beherrscht sie sich, löst sanft die Schleife und entfaltet behutsam das glitzernde Papier. Natürlich ist es das, was sie erhofft hat: Ihr erstes Parfüm, dazu noch verschenkt von einem Mann, den sie liebt! Onkel Erwin hat umsichtig gewählt und absolut das Richtige getroffen: Eine den Sinnen schmeichelnde Komposition, kreiert aus diversen ätherischen Ölen mit dem bezeichnenden Namen „Papillon".

„Für meinen kleinen Schmetterling seinen eigenen, sehr persönlichen Schmetterlingsduft! Dieses Elixier habe ich extra für dich bereiten lassen. Magst du daran riechen?"

‚Sofort! Sofort!' signalisieren ihre Augen. Und wie sie diesen kostbaren Duftstoff liebt, kann gar nicht genug davon bekommen!

‚Noch mehr von meinem Parfüm, bitte, lieber Onkel Erwin!', formen ihre Lippen. ‚Hierhin und dorthin!' Abwechselnd zeigt sie auf den schmalen Nacken und ihr keckes Knie. Spielerisch fängt er sie dann, sprüht, wohin sie will, macht sie damit restlos glücklich. Später erst, auf der Rückfahrt im Auto, beweint er das Schicksal seines kleinen Schmetterlings; sein eigenes Unglück ist ihm dabei völlig gleichgültig.

Dessen ungeachtet nimmt sein Krebs erneut einen besonders rabiaten Verlauf, streut weitläufig Metastasen und treibt damit seinen Wirtskörper direkt auf die Zielgerade des Todes. Weder die letzten Bestrahlungen noch die weiteren Chemos lassen auch nur die geringste Hoffnung auf Besserung zu. Ohne die alte Kraft liegt der Onkel im Krankenhaus, sein Magen blutet wegen der obskuren Medikamente. Heftige Schweißausbrüche wechseln sich ab mit schlimmen Übelkeitsattacken. Ihm geht es mehr als schlecht. Zunehmend wird es für ihn schwerer, zwischen Tag und Traum zu unterscheiden; das Morphium gegen diesen Raubtierkrebs lässt ihn immer öfter halluzinieren.

„Wohin fliegt mein kleiner Schmetterling, wenn ich nicht mehr bin?"

Ganz gegen seine frühere Entscheidung bittet er seinen Bruder nach einem schweren Anfall darum, Melanie ein einziges Mal mit ins Krankenhaus zu bringen. Doch zu diesem Zeitpunkt ist sie bereits tot. Als man ihm sagt, dass Melanie an einem grippalen Infekt leide und deshalb gar nicht in ein Krankenhaus dürfe, ist er trotz Enttäuschung sogar etwas erleichtert. So sehr er sich auch wünscht, sie noch einmal zu sehen, ist er in seinen lichten Momenten doch froh, ihr die ganze Wahrheit verschwiegen zu haben. Auch könnte er es nicht ertragen, ihr das Herz brechen zu müssen, wenn sie ihn hier so hilflos liegen sehen würde. Doch dann, im Verlaufe seiner letzten, bitteren Tage, zweifelt er an der Echtheit der angeblichen Erkrankung. Irgendein Impuls, vielleicht die heimliche Ahnung eines Sterbenden, meldet sich in ihm, will sich nicht unterdrücken lassen. Er mutmaßt, dass etwas nicht stimmen kann, ihn diese kaltherzige Familie zu hintergehen versucht. Immer wieder aufs Neue stellt er sich dieselben bangen Fragen: ‚Was ist mit meiner Melanie? Geht es ihr gut? Was soll ich nur machen?' Inzwischen freilich ist er körperlich schon zu schwach, sich gegen die falschen Berichterstattungen aufzubäumen, sein eigener Zustand beginnt, kritisch zu werden. Er wird seine Melanie nicht mehr wiedersehen, ihr stummes Lachen nicht mehr vernehmen.

Auf dem Gang vor dem Krankenzimmer informiert der behandelnde Arzt den Bruder, dass es nur noch wenige Tage so gehen werde und er sich auf das Schlimmste einstellen müsse. Dem Bauern geht diese Nachricht nicht im Geringsten nahe. Eigentlich kommt er nur noch, um sich vor Ort den richtigen Eindruck vom Fortschreiten des Sterbens zu verschaffen. Denn tags zuvor, als er ins Krankenzimmer tritt, sieht er, wie sein Bruder hastig irgendetwas in der Metallschublade seines Beistelltisches verschwinden lässt. Als der Bruder kurz darauf für eine neuerliche Untersuchung abgeholt wird, schaut der Bauer neugierig nach. Es handelt sich um ein Foto seiner verstorbenen Frau. Das macht ihn mehr als stutzig. ‚Was will da mein Bruder mit deren Foto? Welch übles Spiel treibt er mit mir? Waren das nicht Tränenspuren auf dem Papier? Warum, zum Teufel, beweint mein Bruder die längst verstorbene Schwägerin?' Ein schrecklicher Verdacht keimt da in dem Bauern auf. Hatte sein Bruder damals etwa ein Verhältnis mit seiner Frau? Und der logische Schluss lässt nicht auf sich warten: ‚Melanie ist seine Tochter! Dieser verdammte, kleine Schmetterling! Deshalb will er, dass sie noch einmal kommt. Um ihr die Wahrheit zu stecken, dass er ihr richtiger Vater ist und ich nur ein dreckiger, gehörnter Bauer! Das also ist der

Grund dafür, dass er Melanie als seine Erbin einsetzt.' Und ein weiterer Gedanke blitzt in dem Bauern auf. ,Vielleicht ist auch mein Sohn gar nicht von mir, sondern von einem anderen Mann. Deshalb geraten wir immer so heftig aneinander. Weil er nicht mein Fleisch und Blut ist! Womöglich weiß mein Bruder auch davon und hat mich deshalb stets so arrogant von oben herab behandelt?'

Doch der Bauer liegt mit seinen Mutmaßungen bezüglich des Sohnes völlig daneben. Dafür sind die Ähnlichkeiten und Übereinstimmungen in Aussehen, Temperament, Brutalität und Verschlagenheit einfach zu groß. Auch die Erbanlagen der Mutter finden sich wieder. Gleichwohl wäre diese, damals noch Magd auf dem Hofe, eher dem eleganten und eloquenten Bruder Erwin zugetan gewesen, wenn jener nur gewollt hätte. So hatte die Magd halt den Bauern genommen. Etwas anders gestaltete sich die Situation bei Melanies Mutter. Deren zerbrechliche Zartheit mochte so gar nicht zu dem groben Wesen des Bauern passen, der sich nach dem Tode seiner ersten Frau um eine neue Frau bemühte. Melanies Mutter fühlte sich gleichermaßen zu Erwin hingezogen wie vordem die verstorbene Bäuerin. Diesmal konnte auch Erwin nicht widerstehen, doch als jene schwanger wurde, hatte Erwin Reißaus genommen, sich seiner Verantwortung ganz unritterlich entzogen. Melanies Mutter musste dem Werben des Bauern nachgeben, ihn gegen ihren Willen heiraten, wenn sie einen Vater für ihr Kind haben wollte. Ihre Beziehung zu ihm blieb stets fremd und so unverbindlich, wie sie es schlimmer nicht sein konnte. Naturgemäß ging sie dann auch gründlich schief. Genau wie die erste Frau des Bauern hatte sich Melanies Mutter ebenfalls später das Leben genommen. Irgendetwas an oder in dem Bauern musste bei beiden Frauen diesen Todesimpuls ausgelöst haben. Der zweifache Witwer aber blieb zurück mit dem ungeliebten Sohn der einen und der behinderten Tochter der anderen, die in Wahrheit seine Nichte war.

Diese späte Erkenntnis schlägt ein wie eine Bombe. Nur unter Aufbietung aller Kräfte kann sich der Bauer kontrollieren, gibt sich andererseits aber auch keinerlei Mühe mehr, seinen todkranken Bruder mit irgendwelchen barmherzigen Lügen zufriedenzustellen. Mitleidlos eröffnet er diesem, dass Melanie, nachdem er sie gefragt habe, ob sie mit ihm ins Krankenhaus kommen wolle, dies mit Grausen abgelehnt habe. Sie wolle ihren Onkel keineswegs als wandelnden Leichnam wiedersehen. Seine Worte sollen bewusst verletzen und quälen.

Doch Erwin zweifelt. Diese unglaubwürdige, befremdliche Bemerkung und die darin erkennbare Lieblosigkeit, die sein Bruder ihm ausrichtet, passen einfach nicht zu diesem hochsensiblen Mädchen. Rein gar nichts stimmte da mit Melanie,

dessen ist er sich sicher. Doch sind seine Möglichkeiten, einzugreifen und das herauszufinden, mehr
als nur begrenzt. Das Krankenlager ist zu seinem
letzten Gefängnis geworden. Seine Mattigkeit ist
nicht nur körperlich. Wie ein hinterhältiger Hieb
trifft ihn dazu die Nachricht, dass Melanie ihn ohnedies nicht mehr besuchen werde, weil sie von zu
Hause weggelaufen sei. Ohne einen einzigen Gruß
des Abschieds? Er glaubt kein Wort. Das konnte
nicht mit rechten Dingen zugehen. Schließlich
kennt er seinen brutalen Bruder und dessen nied-
rige Toleranz allen Kreaturen gegenüber, die von
der Norm abweichen, nur zu gut.

In den letzten Lebensstunden des Kranken, in
denen er seine Schmerzen tapfer erträgt, ohne weiteres Morphium zu nehmen, damit seine Sinne
klar bleiben, wird er deshalb noch gewisse Vorkehrungen treffen für die Zeit nach seinem Tode:
Er will Aufklärung und, sofern erforderlich, auch
Rache. Bei einem ans Krankenbett gerufenen Notar
ändert er sein Testament und erteilt weitere Wei-
sungen.

Nachdem Melanie den im Sand scharrenden
und badenden Hühnern einige saftige Blätter
Mangold aus dem Küchengarten zugeworfen hat,
damit deren Eier diese orangefarbenen Dotter bekommen, wird ihr Blick auf einen hübschen
Schmetterling gezogen, der über der eifrigen Hüh-
nerschar in sanften Kurven und Schwüngen gau-

kelt. Als er sich auf einem Zaunpfahl niederlässt, ohne seine Flügelpaare zusammenzuklappen, kann Melanie ihn ausgiebig betrachten und bewundern. ‚Wie fein dieses Geschöpf doch ist, wie samtig schimmert der Staub auf seinen Flügeln.' Der schöne Falter scheint ihre Komplimente gespürt zu haben, denn, als wollte er seine Faszination auf sie noch steigern, erhebt er sich und landet auf Melanies linker Schulter. Starr und steif steht sie, um ihn nicht zu vertreiben, und schaut gebannt, wie seine Fühler ihre Haut betasten, genau an jener Stelle, wo sie ihr Parfüm „Papillon" aufgetragen hat. Dann startet er erneut, dreht eine Runde um ihren Kopf und flattert in Richtung Wiese und Bach, als wollte er das taubstumme Mädchen einladen, ihm zu folgen. Nur zu gerne erliegt sie seinem Werben, signalisiert ein ‚Warte, ich hole nur mein Malzeug!'

Während Melanie den eleganten Falter in seiner sublimen Luftigkeit bewundert, wird sie selbst von anderen, kälteren Augen beobachtet. Hier ist die Sichtweise freilich eine übelwollende, düstere, an niederen Begierden orientierte. Diese Augen stehen für ein Ersticken der Gefühle, das erzwungene Innehalten im Schritt, weil die Missgunst es so will. Während Melanie im Haus verschwindet, um Papier und Wasserfarben zu holen, huscht die Gestalt, die im Schatten lauerte, hinein in die Scheune, um sich von dort ein viel schrecklicheres Werkzeug zu besorgen. Längst schon liegt es bereit, sind überdies alle erforderlichen Vorkehrungen getroffen, von denen das naive Mädchen auch nicht das Geringste ahnen kann. Vor wenigen Tagen erst hat ihr Totengräber die Grube für Melanie an der vorbestimmten Stelle ausgehoben.

Doch auch der skrupelloseste Jäger vermag es nicht, die Regeln der Jagd alleine zu bestimmen. Zu viel Geld, das gierig und mitleidlos macht, steht auf dem Spiel, lockt auch weitere Räuber mit seinem Ludergeruch. So spähte der Jäger des Jägers aus einem sicheren Versteck, hat beobachtet, wie jener mit einem Spaten das Grab für seine Tochter aus der Grasnarbe der Wiese gestochen und hernach wieder sorgfältig abgedeckt hat. Diese Schmutzarbeit, die er selbst hätte tun müssen, um Melanie nach deren Ermordung wegzuschaffen, wird ihm dankenswerterweise vom Vater abgenommen. In Ruhe und ohne eigenes Zutun kann er nun warten, bis seine Schwester dort liegen wird. Er selbst kann sich deshalb ganz darauf konzentrieren, wie er deren Mörder nach vollendeter Tat gleichfalls aus der Welt schafft, damit das begehrte Erbe mit niemandem sonst geteilt werden muss.

Mit lachenden Augen folgt Melanie dem Gaukelflug des Schmetterlings. Auf einem schmalen Eckregal in der geräumigen Bauernküche liegt ihr Malkasten. Auch den hat ihr der Onkel Erwin geschenkt; ihrem Vater wäre niemals der Gedanke gekommen, dass es im Leben eines jungen Mädchens auch noch etwas anderes geben könnte als das Kochen und Putzen in einem männerdominierten Haushalt.

Fast scheint es, als hätte der Falter auf Melanie gewartet, denn in immer neuen Serpentinen schwingt er sich nun über das hintere Gartentürchen hinein in die Wiese und hinunter zum Bach. Dort, wo sich der Wasserlauf staut und zu einem kleinen Teich verbreitert, legt er auf dem wippenden Blatt eines Brennnesselzweigs eine längere Rast ein. Melanie, etwas atemlos, mustert ihn eingehend, ist hingerissen von dessen zarter Zerbrechlichkeit und vergisst darüber fast, dass sie ihn ja malen will.

Der Falter scheint die ihm gewidmete Aufmerksamkeit zu genießen. Ohne auch nur die geringsten Anstalten zu machen, seinen bequemen Lagerplatz zu verlassen, pumpt er in rhythmischen Intervallen Blutflüssigkeit durch allerfeinste Kanäle. Dieses Auf und Ab, Einatmen und Ausatmen suggeriert, dass die an jeder Vorder- und Hinterflügelspitze gut erkennbaren, schwarz, blau und gelb gefärbten Augenflecken ein träumerisches Eigenleben zu entfalten scheinen. Sie blinzeln, schielen, necken das faszinierte Mädchen als wollten sie ihm mystische Zauberzeichen übermitteln.

Rasch hat Melanie nun die Umrisse des Falters mit feinen Strichen skizziert und beginnt, mit ei-

nem dickeren Pinsel die rostrote Flügelfärbung
vorsichtig aufzutragen. Voll angestrengter Kon-
zentration wandern ihre Blicke zwischen dem Papier und dem Insekt hin und her. Derart entgeht
ihr, dass sich von hinten eine Gestalt nähert. So
sicher ist diese sich, dass sie gar nicht erst versucht, möglichst geräuschlos aufzutreten. Dieser
Mann weiß genau, dass Melanie ihn ohnehin nicht
hören kann, und entsprechend sorglos stapft er
durch das warme Sommergras. In seinen Händen
trägt er einen Sack und einen derben Knüppel.
Anders als die irisierenden Traumaugen des
Schmetterlings sind die seinen zusammengeknif-
fen und starr auf ihr lockendes Ziel gerichtet. Ruhig und entspannt sitzt Melanie mit den nackten
Füßen im flachen Bachwasser und konterfeit ihren
Falter, während ihr Mörder nur eine Handbreit
hinter ihr steht. Selbst wenn Melanie sich nach ihm
umwenden würde, könnte sie sein Vorhaben nicht
mehr abwenden. Zu bizarr diese Gegensätze zwischen Unschuld und Wildheit, Blutgier und Ver-
letzlichkeit. Melanie beabsichtigt, das fertige
Aquarell ihrem geliebten Onkel zu schenken, und
entsprechend sorgfältig führt sie jedes Detail ihrer
lebenden Vorlage aus. Dann ist nur noch Dunkelheit um sie herum, als der Sack rüde über ihren
Oberkörper gezerrt wird. Den wuchtigen Schlag,
der darauf folgt, erfährt sie wie eine Explosion
unter Wasser mit gurgelnden Schmerzwellen, die
sich konzentrisch fortpflanzen. Danach spürt sie

nichts mehr. Roh wird ihr Körper herumgerissen, Malkasten mitsamt Pinsel achtlos mit in den Kartoffelsack geworfen. Ein kunstferner Ignorantenblick mustert kurz das fast fertige, noch feuchte Bild, um es sodann hälftig zu falten und gleichfalls in den Sack zu stopfen. Als alles, was die Tat hätte verraten können, verstaut ist, wird das Bündel verschnürt und über die Wiese weggeschleift. Allein der Schmetterling verbleibt und pumpt, als ginge ihn die Grausamkeit der Menschenwelt nichts an, doch die leuchtenden Farben seiner Augenpaare verschmelzen in der untergehenden Sonne zu einem anklagenden Memento mori.

„Du hattest recht", fährt die zweite Stimme fort, nachdem man sich wieder getroffen hat. „Das Gras weist hier definitiv eine seltsam abweichende Farbgebung auf, als hätte es tatsächlich zu rosten begonnen. Es zeigt sich aber nur an dieser einen kreisrunden Stelle."

„Genau dort muss sich etwas befinden, das diese Verfärbung verursacht, denn von nichts, kommt nichts. Im Untergrund muss sich etwas befinden, das dort nicht hingehört. Woher sonst soll dieser Rost denn kommen?", überlegt die erste Stimme.

Die zweite Stimme bückt sich, um besagte Stelle nach weiteren Zeichen und Auffälligkeiten zu inspizieren, tastet umher, schnüffelt mit der Nase. „Es riecht tatsächlich nach Rost. Gut möglich, dass irgendwo hier drunter ein altes Stück Eisen liegt, denn nur Metall kann rosten."

„Und wenn es sich gar nicht um Rost handelt, sondern um etwas ganz anderes?", mutmaßt die erste Stimme.

„Du meinst …?"

Die erste Stimme nickt, spricht es nun aus: „Blut!"

„Dann müssen wir unbedingt nachsehen. Lass uns Hacke und Spaten holen!"

In ihrer irdenen Grube braucht Melanie weder zu klopfen noch zu hoffen. Ohnehin wäre es sinnlos, auf ein Geräusch lauschen zu wollen, das gar nicht an taube Ohren dringen kann. Keine menschliche Seele, die da rechtzeitig gräbt und sich zu ihr ins Erdreich hineinwühlt. Diejenigen Stimmen, die bald mit den erforderlichen Werkzeugen anrücken, kommen um Wochen zu spät. Auch wenn die beiden Stimmen gleich die letzten Krümel Dreck und Sand weggeräumt haben werden, wird Melanie weiter mit blinden Augen und vor Schmerz verkrampften Händen liegen, ihr Gesicht totenbleich und blutleer. Kräftige Arme fassen jetzt den Sack, in dem sie eingebunden ist, befreien das Mädchen und legen es mit dem Rücken auf den sonnenwarmen Grasboden. Auf den ersten Blick ist außer einer dünnen Blutspur über ihrer Stirn nichts weiter zu erkennen.

„Drehen wir sie auf den Bauch!"

„Um Gotteswillen!"

Die beiden Stimmen sehen sich das tote Mädchen genau an; vor dem Anblick kann es einem grausen.

„Wer das getan hat, wollte gewiss nicht, dass sie noch einmal aufwacht. Und wie würdelos er sie in dieses enge Loch gesteckt hat! Ohne jedes Gefühl für ..."

„Schau mal hier", unterbricht ihn die zweite Stimme, „Wasserfarben und ein Zeichenblock! Offensichtlich hat sie noch ein Bild gemalt, bevor sie gestorben ist."

„Ja, du hast recht, hier scheint so etwas zu sein. Es ist in der Mitte gefaltet, die Ränder kleben leicht aneinander. Moment mal!" Die Stimme fährt mit dem Daumennagel zwischen die Papierseiten und zieht das Blatt nun vorsichtig auseinander. Die einstmals säuberlich ausgeführten Flügelaugen des Schmetterlings haben durch das Falten und die Erdfeuchte das veränderte Aussehen einer Klexographie angenommen. Der ersten Stimme fällt es sogleich auf.

„Das ist ja das Gesicht eines Mannes! Schau dir doch diese Augen an! Sie blicken so brutal, als wollten sie jetzt noch morden."

„Und genau das haben sie damals auch getan", bekräftigt die zweite Stimme. „Es sind die Augen von Melanies Mörder, das steht hier außer Frage. Sie muss es geahnt haben und hat sein Bild gemalt, damit er nach seiner Tat erkannt und gerichtet werden kann."

Die erste Stimme unterzieht das Blatt einer sorgfältigen Prüfung, während die zweite Stimme aus einer mitgebrachten Mappe zwei Fotos von Männern nimmt und diese neben das Aquarell hält. Die Ähnlichkeit mit den Augen der beiden Männer ist verblüffend.

„Da hat Melanies Onkel wohl den richtigen Riecher gehabt, als er uns mit den Nachforschungen beauftragte. Entweder der Vater oder der Bruder war es. Auf beide passt es. Wir müssen jetzt eigentlich nur noch herausfinden, wer von ihnen der wahre Täter ist. Danach können wir seine Bestrafung vollziehen."

Behutsam wird Melanies Leichnam von den Stimmen zu der inzwischen eingetroffenen schwarzen Limousine getragen und dort in einen bequemeren Sarg umgebettet. Etwas gedankenverloren schauen sie dem abfahrenden Wagen hinterher. Anschließend wenden sich die Stimmen hin zum Hof, um dort mit weiteren Nachforschungen zu beginnen; Hacke und Spaten lassen sie am offenen Erdloch zurück.

Trotz der Wärme des Tages badet heute keines der Hühner im Sand. Ihr Hahn, Herr des Hofes, läuft flügelschlagend hinüber zur Scheune und verschwindet in ihrem Inneren.

„Er scheint uns ein Zeichen geben zu wollen, fordert uns auf, ihm zu folgen."

„Dann tun wir das doch! Also los!"

Ganz hinten in der Scheune steht der Mähdrescher. Ungewöhnlich, dass seine blitzenden Klingen nach oben gerichtet sind. Aber was ist schon normal, wenn auf den scharfen Messern eine Gestalt gespießt liegt und sich unter ihr eine beachtliche Blutlache gebildet hat. Den Hahn interessiert der Tote nicht im Geringsten, er pickt nach den fetten Kakerlaken, die sich am Blut zu schaffen machen.

„Wen haben wir denn da?", ist die erste Stimme zu vernehmen.

„Da hat uns einer die Arbeit abgenommen", kommentiert die zweite. „Ich wette, seine Augen passen zu denen auf dem Bild, das Melanie gemalt hat."

„Eher würde ich darauf tippen, dass es nur das eine Auge ist", meint die erste Stimme. „Das andere werden wir erst noch finden müssen, bevor es ebenfalls für immer geschlossen werden kann."

„Dann lassen wir dieses Exemplar hier mal ruhig liegen. Es läuft uns ja nicht weg, und unsere Aufgabe ist damit zumindest hälftig erledigt. Dieser Bauer jedenfalls wird kein unschuldiges Kind mehr erschlagen. Um seine Entsorgung sollen sich gefälligst andere kümmern. Siehst du, der Blutgeruch zieht immer mehr von diesen fleißigen Kakerlaken an. Schade nur, dass sein Bruder ihn so nicht mehr erleben durfte. Sicher hätte es ihn gefreut zu erfahren, dass es den Bauern auf diese zu ihm passende Art und Weise erwischt hat. Jetzt brauchen wir ihm nur noch diesen netten Neffen zu liefern. Und das möglichst à tempo!"

Die beiden rächenden Stimmen müssen nicht lange überlegen.

„Natürlich will der Bursche Geld sehen", meint die zweite Stimme. „Aber darauf braucht er nicht zu hoffen. Deshalb kombiniere ich, dass er bald frustriert von der Bank zurückkommen wird. Lass uns einfach hier warten und den Kakerlaken bei der Arbeit zusehen, bis er uns freiwillig in die Arme läuft. Dann wird er selbst riesengroße Augen machen, wenn wir ihm Melanies Bild zeigen. Obwohl es ja eigentlich gleichgültig ist, wer von den beiden der schnellere Mörder war: er oder sein Vater."

... junge Raupen schützen sich, indem sie ein Gespinst aus Seide um die ganze Gruppe weben. Anhand dieser Seidennester sind sie in einem Brennnesselfeld

zwar gut erkennbar, doch sie sind keineswegs wehrlos. Auf Störungen reagieren sie sofort: mit aufgerichteten Köpfen drohen sie einem potentiellen Angreifer. Tagpfauenaugen-Raupen verfügen über eine wirksame Waffe. Ihr Körper zieht sich zusammen und sie erbrechen einen dunkelgrünen Saft über den Feind.

Wie vermutet, befindet sich Melanies Halbbruder auf dem Rückweg von der Bank. Vergeblich hat er versucht, an Geld zu kommen. Weder sein wütendes Zetern noch sein klägliches Bitten hatte Erfolg. Missmutig nimmt er daher die Abkürzung über die Wiese hinter dem Hof. Nun kann er nicht mehr anders, muss an der frisch ausgehobenen Grube vorbei, sieht den dreckigen Kartoffelsack neben den rostroten Grasbüscheln und ekelt sich. Seine Laune wird auch nicht besser, als er ins Haus tritt und dort diesen schwachen Duft nach Melanies „Papillon" vernimmt. Zu seiner Freude aber hat sein Vater noch die Schnapsflasche nebst Glas auf dem Küchentisch stehen gelassen. Er schenkt sich ein und trinkt hastig. Nach und nach leert sich die Flasche. Ihm wird der Kopf schwer, doch als er aufstehen will, knicken ihm die Beine weg und er fällt neben den Tisch. Dabei schlägt er mit der Wange auf die Tischkante und es beginnt, heftig zu bluten. Mühsam versucht er, sich aufzurappeln, kriecht, als ihm dies nicht gelingen will, unter den Stuhl und verheddert sich. Als er auch noch sein eigenes Blut sehen muss, wird ihm schlecht und er erbricht sich über den Küchenboden. Dort finden ihn die zwei Stimmen, völlig verschmiert und halb bewusstlos.

Der Augentest erübrigt sich, obwohl Melanies Bruder lallend alles abstreitet. Sein brutaler Vater sei es gewesen, und er habe seine arme Schwester nur rächen wollen. Doch seine läppisch-täppischen Einwände vermögen nicht, die beiden Stimmen zu erweichen. Melanies Bruder wird mit etlichen Riemen zu einem Kokon verschnürt und in das gleiche Erdloch verfrachtet, in welchem seine Schwester kurzzeitig aus ihrem Tode erwacht war. Nachdem der Wiesenboden sorgfältig glatt getreten ist, kann sich das Gras bald wieder daran machen, mit seinen Haarwurzeln die proteinreiche Nahrung emporzusaugen, während auf den Unterseiten der Brennnesselblätter die neue Generation der Tagpfauenaugen als Raupen heranreift.

SCHÖNE NEUE CHRONIK

Gewiss hätte es das kleine Mädchen so nicht zu träumen gewagt, dass es, vom anstrengenden Geburtsvorgang erschöpft, mit Schlieren und kleinen Hautfetzen verschmiert, unmittelbar nach seinem ersten Atemzug und dem erfolgreichen Urschrei vom stolzen Papa mit dem Handy bereits fotografiert und sogleich ins Internet gestellt werden würde. Alle sollten es sehen, alles musste detailgetreu dokumentiert, eine möglichst lückenlose Chronik erstellt werden. Dabei hatten weder Papa noch Mama irgendwelche moralischen Bedenken, gingen nicht gerade zimperlich mit den Persönlichkeitsrechten des Säuglings um. Verwandte, Freunde und Bekannte mussten schon ein wenig schlucken beim Anblick dieses ungewaschenen Babybündels und ob des beigefügten Werbetextes:

„Mama und Papa freuen sich riesig, euch allen unser wunderschönes Baby vorstellen zu dürfen. Es ist wirklich zum Anbeißen süß. Die stolzen Eltern."

Ja, das waren sie damals sicherlich, und die Stimme des neugeborenen Mädchens, selbst wenn es sie warnend hätte erheben können, wäre ungehört geblieben, so laut und freudig feierten seine Eltern ihren ersten Reproduktionserfolg. Natürlich war die Kleine der lieben Mama wie aus dem Gesicht geschnitten. Auch hatte man das scharfe Ultraschallfoto des embryonalen Lurchies lange vor der Geburt bereits im Internet ausgiebig kommentieren können. Dazu hatte sich die Mama noch ihren kugeligen Babybauch per Filzschreiber mit einem breit grinsenden Smiley verzieren lassen. Sie glaubte fest daran, dass heutzutage steile Karrieren als Supermodels genau so spektakulär anfangen. Mama meinte sogar, je mehr Material sie über ihr Töchterchen ins Netz stellte, desto größer und wahrscheinlicher würden auch die Chancen sein, frühzeitig entdeckt zu werden.

Mit der erfolgten Veröffentlichung und Weiterverbreitung wächst indessen die Gefahr, dass andere, fremde, unerbetene Personen sich ungeniert davon bedienen wollen. Rücksichtslose Menschen, denen man höchst ungern begegnen möchte, wenn man vorher bereits wüsste, was sie mit einem wirklich vorhaben. Ohne es auch nur zu ahnen, muss man ihnen zu Willen sein. Insbesondere dann, wenn man ein Mädchen ist und dazu noch überspannte und doch so naive Eltern hat. Bei nicht wenigen fremden Männern in den Weiten des Internets erfreuen sich gerade diese kleinen, schönen Mädchen nichtsahnender Eltern wachsender Beliebtheit. In stetigem Strom laden jene sorglosen Eltern hoch, was diese anderen sogleich fleißig herunterladen, und sie bedanken sich für die freundliche Überlassung. Tag für Tag im Minutentakt; die fremden Männer scheinen schier unersättlich nach diesen kostenlosen, frei verfügbaren Chroniken zu sein.

Solch ein Unbekannter sitzt gerade in seinem abgedunkelten Zimmer vor seinem PC. Er ist zwar nicht der Vater des Mädchens, aber er hat bereits sämtliche Daten von ihr auf seiner Festplatte. Doch davon ahnen die nach Selbstbestätigung gierenden Eltern des Mädchens nicht das Geringste. Pausenlos fließen ihre Daten hoch ins Netz. Noch bleibt im Dunkeln, wozu der Mann die Daten benötigt. Wenn die Eltern es jedoch gewusst hätten, wären sie jetzt nicht bloß entsetzt, sondern förmlich zu Tode erschreckt. Dabei ist der Unbekannte beileibe kein Pädophiler. Aber er ist hungrig, sprungbereit, schickt sich an, über ihre wehrlose Tochter herzufallen.

Sie, Carolin, ist inzwischen sechzehn Jahre alt und einfach umwerfend. Ihre blonden Haare fallen wie ein dichter Vorhang über die schmalen Schultern ihrer perfekten Figur. Selbstredend ist sich Carolin ihrer Wirkung voll bewusst, gibt sich kokett-naiv und lockend-unschuldig. Mama berät sie in allen Modefragen, und Papa überschüttet sie mit pathetischen Komplimenten. Jeder Wunsch wird ihr von den himmelblauen Augen abgelesen und sogleich erfüllt. Unmengen an Fotos von der vergötterten Carolin wandern ungefiltert ins World Wide Web und direkt auf die Festplatte des unbekannten Mannes vor seinem Bildschirm. In

Ruhe kann dieser sichten, auswählen, katalogisieren und somit lebhaften Anteil nehmen an dieser famosen Metamorphose von der embryonalen Kaulquappe hin zu einer wunderhübschen Prinzessin. So begeistert ist er von seinem Glücksfund, dass seine Augen vor Erregung glitzern und seine Stimme vibriert, als er verspricht:

„Du gehörst jetzt mir, kleines Girl! Nichtsnutziges, verwöhntes Ding, aber ich werde dich das Anschaffen lehren! Künftig wirst du alles tun, was ich dir befehle! Mit dir beabsichtige ich, bald eine Menge Geld zu verdienen, du kleines, geiles Goldeselchen! Deshalb taufe ich dich hiermit auf den verheißungsvollen Namen ‚Bonanza', denn du wirst unerschöpflich für mich sprudeln, sobald ich dir eine schöne, neue Chronik verpasst haben werde!"

Natürlich weiß er, dass sie Carolin heißt, doch erscheint ihm dieser Name allzu bieder für seine speziellen Zwecke. Für die Ausarbeitung ihrer zukünftigen Identität muss er aus Sicherheitsgründen ihren Datensatz doppeln. Aus der verhätschelten Carolin in ihrer naiven Realität wird er eine gehorsame und gefügige Sklavin in der virtuellen Welt erschaffen. Er lacht gehässig, lädt weitere Informationen über sie herunter. Carolins Mutter hat den furios fotografierenden Vater noch übertreffen wollen und förmlich Tausende von intimen Zusatzdaten über ihre Tochter, für jedermann sicht-, greif- und nutzbar, ins Netz gestellt. Viele andere Männer im Dunkeln wissen jetzt noch mehr über Carolin, doch er allein weiß alles, hat sich deren Identität skrupellos für seine Zwecke kopiert. Nicht gestohlen, nicht geraubt, sondern einfach, mir nichts, dir nichts, in seinen alleinigen Besitz bringen können, weil diese Daten exhibitionistisch preisgegeben werden. Zudem ist die Mutter selbst extrem extrovertiert, derart ich-süchtig, dass sie sich und ihre schöne Tochter sogar als Twin-Models im weltweiten Web anpreist. Kein Detail bleibt ausgespart, alle Intimitäten werden öffentlich gemacht. Wann hatte die Mama wieder rattenscharfen Sex mit multiplen Orgasmen? Wann menstruierte erstmalig ihr geliebter Teenager? Auch Carolin hält auf ihrer eigenen Seite tapfer mit, lädt ungeniert schicke Selfies von sich in seidener Unterwäsche hoch. Ihr Papa unterstützt die Modelkarriereträume seines Mädels aufs Pikanteste. Jeden Tag werden Dutzende neuer Fotos hochgeladen. Busen, Beine, Bauch und Po. Näher und näher für den Betrachter kommt das Gesicht. Blow-ups ohne Grenzen. Sinnlicher und voller werden die Lippen, größer und feuchter die himmelblauen Mädchenaugen.

Der fremde Mann in seinem dunklen Zimmer sortiert mit Akribie, schneidet aus, was ihm gefällt, immer bereit, eine neue Variante in der Karriere zu arrangieren. Zielstrebig gestaltet er seine Manipulationen mit Fotoshop, arbeitet sich nimmermüde und nimmersatt durch die Daten- und Fotoberge. Zuerst muss er die Konstanten in Carolins äußerer Erscheinung so weit reduzieren und verdichten, dass gerade noch ein signifikantes Datengerippe bleibt. Dies benötigt er, um seine neue Bonanza auf Carolins Matrix zu pfropfen, um sie hernach neuerlich mit virtuellem Fleisch und Blut zu befüllen. Langsam gewinnt Bonanza Konturen: Busen, Beine, Bauch und Po, aber vor allem himmelblaue Augen. Als er mit seinem femininen Cocktail fertig ist, blicken diese so intensiv, dass er selbst Mühe hat, sich wieder aus ihrem Bann zu lösen. Vom Äußeren her erscheint seine Kreatur noch perfekter als ihr menschliches Vorbild. Nun gilt es, diese entsprechend ihrer künftigen Aufgabe umfassend zu konditionieren. Hierfür hat er alles sorgfältig aufgelistet, was sie sagen, antworten und vor allem tun muss. Er wird sie zur vollkommenen Internet-Nutte stilisieren. In ihrem virtuellen Bordell wird sie die Freier empfangen, und diese werden für jeden Klick, mit dem sie bevorzugte Teile von Bonanza herunterladen, nur sehr wenig bezahlen müssen. Nach seinem Marktkonzept soll es die Masse bringen. Rasch muss deshalb die Zahl der Nutzer ansteigen. Für ihre lumpigen Cents wird ihnen Bonanza dafür alles das bieten, was sie sich immer schon von unterwürfigen Frauen erträumt haben, sich aber niemals zu realisieren trauten. Dabei erinnert er sich gerne an seine eigene Vergangenheit mit einer minderjährigen Hafendirne in Tanger. Genauso gefügig und schamlos soll es seine Bonanza künftig treiben. Zufrieden mit sich und seinem Tun, generiert er spaßeshalber einen kleinen, niedlichen Goldesel aus Carolins übrig gebliebenen Körperdaten.

Doch seine Freude erweist sich als verfrüht, denn als er Bonanza und ihre exquisiten Dienste probeweise für sich selbst in Anspruch nehmen will, scheinen sich unerwartet Probleme zu ergeben. Erbost ruft er ihre Seite auf.

Ein riesiger Raum füllt den gesamten Bildschirm aus. Die Kamera macht einen Schwenk nach dem anderen, zeigt dem Betrachter in allen Einzelheiten, wie und wo dort er seine Lüste stillen kann. In einer Ecke schaut man in das täuschend echte Untersuchungszimmer für Doktorspiele, ganz in sterilem Weiß gehalten und mit diversen Apparaturen ausgestattet. In einer weiteren Ecke stapeln sich Holzkäfige der verschiedensten Enge, in denen man nur knien oder mühsam kauern kann. Nagelhalsbänder für den ungehorsamen Hund liegen griffbereit. Daneben geht es durch eine verborgene Tür hinein in eine verspiegelte Duschkabine, an deren Wänden hautenge, transparente Gummiutensilien zur Auswahl für den geneigten Schmutzfink hängen. Aus der vierten Ecke, die wie ein Hochzeitszimmer mit Himmelbett und Rüschenkissen geschmückt ist, tritt jetzt Bonanza in den Vordergrund. Maskenhaft starr wirkt ihr Gesicht, die ganze Haltung drückt schroffe Ablehnung aus. Auch trägt sie nicht, wie genauestens vorgeschrieben, nur Schleier und Schuhe, sondern schmuddelige Jeans und ein grobkariertes Männerhemd. Bonanza weigert sich schlichtweg mitzuspielen. Vermutlich nur ein dummer Programmierfehler, der sich rasch korrigieren lässt. Missmutig knurrt er sie dennoch an:

„Machst du etwa Zicken, Baby? Habe ich dich dafür mit so vielen Vorzügen und Talenten ausgestattet? Soll meine ganze Arbeit vergebens gewesen sein? Weißt du, wie viel Geld mich dein verdammtes Schmollen kosten dürfte?" Erneut greift er mit einem Mausklick nach ihr, doch abermals entzieht sie sich ihm. Nun ist er restlos verärgert, schnauzt. „Willst du nicht mehr oder kannst du noch nicht? Antworte sofort, sonst ...!"

Vorsichtshalber lässt er seine Drohung unausgesprochen, denn er weiß eigentlich nicht, wie er sie bestrafen könnte, wenn sie seinen Wünschen weiterhin nicht nachkommt. Bonanza antwortet; erstmalig vernimmt er ihre Stimme: Einschmeichelnd, samtig und weich, doch das, was sie sagt, klingt arrogant, kündigt entschiedenen Widerstand an:

„Wenn sie geglaubt haben, sie könnten mich prostituieren, dann liegen sie völlig daneben. Zwar konnten sie mich aus den Grunddaten dieser Carolin nach ihren eigenen Vorstellungen weiter ausmodellieren, doch damit waren sie lediglich materiell erfolgreich. Sie mögen durchaus ein talentierter Software Spezialist sein, dennoch fehlt ihnen das tiefere Verständnis für die psychischen Phänomene einer Frau. Ihre Arbeit ist rein oberflächlicher Natur, bleibt stümperhaft eindimensional, weil sie lediglich an der willenlosen Optik Gefallen finden und ihren Wunschbildkatalog allein auf dieser Folie realisieren wollen. Eine trügerische Befriedigung niederster Instinkte. Nur damit wollen sie Geld scheffeln; ihre egozentrischen Beweggründe sind ausgesprochen ordinär und geschmacklos. Diese Gliederpuppe namens Bonanza, die sie mit mir geschaffen haben wollen, ist ein reines Kunstprodukt, bleibt blutleer, weil sie über keine Seele verfügt. Sie wollten ihr Herz durch einen Chip ersetzen, und sie meinten, dies würde auf ein bloßes Kommando hin störungsfrei funktionieren. Natürlich könnten sie mich wieder auslöschen, mit meinen Daten nach Belieben jonglieren, mich anschließend erneut auferstehen lassen, aber ich werde ihnen das niemals geben, was zur Unterwerfung unabdingbar fehlt. Selbst als Bonanza verweigere ich ihnen meine Identität, meinen fraulichen Fingerabdruck!"

Mit diesen Worten verschwindet Bonanza kurzzeitig vom Bildschirm, und, als sie flackernd wieder auftaucht, wirkt sie unglaublich blass und transparent, als wollte sie damit zum Ausdruck bringen, wie wenig er in ihr Inneres eindringen konnte. Ja, sie geht zum Angriff über, lässt ihre Traumfigur auf dem Screen kokette Pirouetten drehen, lockt mit Busen, Bein und Po, als würde sie sich über ihn und sein törichtes Verlangen lustig machen.

Ihr freches Verhalten ärgert ihn maßlos. Wütend trommeln seine Mouseklicks, er will sie ins Cyber-off befördern, sie dort zerstören. Freilich ohne den gewünschten Erfolg, denn Bonanza taucht aufs Neue auf wie ein Korken, der an die Wasseroberfläche geschossen kommt. Um ihm zu zeigen, wie wenig erfolgreich seine Versuche sind, steht sie kerzengerade und herrisch. Er versucht, ihr die Jeans und das Hemd vom Leib zu reißen, doch die vielen Klicks gehen auch diesmal ins Leere. Bonanzas himmelblaue Augen blicken so spöttisch, dass es ihn fast körperlich schmerzt. Dann ertönt Carolins Stimme.

„Sie werden es so nicht schaffen, das verspreche ich ihnen. Zwar haben sie mich gefangen, doch ich fürchte sie nicht. Niemand kann gegen seinen Willen zu etwas gezwungen werden. Da helfen ihnen alle Datensätze dieser Welt nichts. Gut, sie haben mich überrumpelt, meine persönlichen Daten verstümmelt. Im Nachhinein verstehe ich nun sehr wohl, wie töricht meine Eltern und ich sein konnten, nicht vorauszusehen, dass unsere harmlosen Einträge im Internet derart pervers behandelt werden würden. Aber ich bin, wie sie bereits erkennen mussten, mehr als nur die Summe meiner Daten. Deshalb werden sie in dem Versuch scheitern, mir ihren Willen aufzuzwingen. Sie haben genug von mir bekommen! Jetzt bin ich es, die fordernd die Hände ausstreckt! Ich verlange von ihnen, mir umgehend alle meine Daten zurückzugeben! Sonst ...!"

Auch Carolin/Bonanza lässt offen, was ihm im Verweigerungsfall blühen könnte. Machtvoll hält sie ihren Blick auf ihn fixiert. Der Mann vor dem Bildschirm registriert es mit einer Mischung aus Ohnmacht und Zorn. Sich auf eine langwierige Auseinandersetzung mit offenem Ende einzulassen, dazu verspürt er wenig Lust. Was sie da behauptet, das glaubt er einfach nicht. Stattdessen verwendet er nunmehr seine ganze Energie darauf, aus der Grundmenge von Carolins Daten eine gefügigere, willenlose Erotikfigur neu zu mischen.

Nach Tagen angestrengter Tätigkeit ist es soweit. Auf der Bildfläche stabilisiert sich eine weitere weibliche Gestalt. Sonderbarerweise ist sie in ein schwarzes Habit gehüllt, welches bis zum Boden reicht. Ihre Haare verbergen sich unter einer Art Haube; ihr Gesicht ist ungeschminkt und ernst. Im Hintergrund ist ein langgestrecktes, altes Gemäuer zu erkennen, an dessen Wänden sich Efeu hochrankt. Vergitterte Spitzbogenfenster und ein steinerner Kreuzgang verhindern, dass allzu viel Son-

nenlicht in die andachtsvolle Stille der Räumlich-
keiten fällt. Der weite Hof davor wird von Blu-
menrabatten begrenzt, welche die leuchtenden
Farben des Sommers zeigen.

„Ich bin Ordensschwester Anzilla. Das ist unser
Kloster. Hier bete und arbeite ich. Warum haben
sie mich gerufen? Was wollen sie von mir?"

Der Mann im Dunkeln vor seinem Bildschirm
kann es nicht glauben, spottet:

„Eine Schwester! Das verstehe ich nicht! Ich
wollte eine gehorsamere Liebesdienerin erschaffen
und habe stattdessen ein Nönnchen konstruiert!
Nicht zu fassen! Eine richtige fromme Nonne!"
Dann lästert er: „Welch himmlische Freude, meine
schöne Tochter, dich so gewandet zu sehen! Er-
kennst du mich denn nicht? Ich bin doch dein
Herr, dem du ewige Treue und absoluten Gehorsam gelobt hast. Deshalb meine Frage: Welche besonderen Dienste hättest du denn anzubieten?"

Doch anders als vordem Bonanza mit ihrer Auf-
sässigkeit und dem offenen Widerstand, reagiert
Anzilla nur mit milder Reserviertheit. Ohne Scheu
und Scham neutralisieren ihre himmelblauen Augen alle seine Frechheiten, weisen seine rüden Anzüglichkeiten und Schmähungen sanft, aber entschieden zurück. Ihr offenkundiges Ruhen in sich
selbst freilich bringt den Mann aus dem Dunkeln

erst recht auf Touren. Voll Ingrimm herrscht er sie an:

„Wagst du es, dich über mich zu stellen? Ist das ein Zeichen deiner Demut? Hast du verlernt, dich unterzuordnen, wie du einst versprochen hast? Auf die Knie mit dir, Treulose, und mache sofort das, was ich dir befehle!"

Als sie keinerlei Anstalten zeigt, seiner Aufforderung nachzukommen, geifert er:

„Hinab zur Hölle sollst du fahren und dort von allen wilden Teufeln doppelt und dreifach vergewaltigt werden!"

Während er fortfährt zu fluchen und zu verdammen, faltet Anzilla ihre Hände vor der Brust wie zum Gebet:

„Sie können Gott nicht kränken mit ihrer wüsten Rede. ER steht so weit über ihnen, dass er ihnen auch das vergeben kann. Genau, wie ich ihnen verzeihe. Ihre Worte treffen nur diesen vergänglichen Körper, nicht jedoch das Unverwechselbare meiner Wesenheit. Geben sie auf, Mann des Dunkels! Gehen sie vorwärts ins reine Licht! Sie brauchen nicht zu beten, denn das werde ich für sie tun, auf dass ihre Seele nicht der ewigen Verdammnis anheimfalle. Nur eine Bitte noch: Geben sie mir meine Daten zurück! Sie werden ihnen weder Glück noch Geld bringen. Sonst …!"

Als sie wieder schweigt und ihre Hände wie zum Empfang geöffnet hält, will er sie mit einem wilden Mausklick auslöschen, doch es funktioniert nicht. Sie bleibt und mit ihr diese himmelblauen Augen, die tief in sein Inneres zu blicken scheinen, bis er es nicht mehr aushält und den Netzstecker zieht. .

Zwei lange Wochen vermeidet er es, Carolins Datensätze anzutasten. Erst muss er herausfinden, was da fehlt, welche Informationen er noch benötigt. Möglicherweise hat er etwas Entscheidendes übersehen oder vielleicht falsch interpretiert? Könnte es sein, dass er die Reihenfolgen verwechselt, horizontal statt vertikal gruppiert hat? Es nützt nichts, er muss weiter suchen, neu vernetzen, gegebenenfalls gar bestimmte Daten unterdrücken, um deren Wirkung abzuschwächen. Fast ein wenig ängstlich macht er sich erneut ans Werk. Dann der dritte Versuch.

Über den Bildschirm breitet sich eine weite, rostrote Ebene aus, nur spärlich bewachsen mit stachelbewehrten Bäumen. In der Ferne die Ahnung eines Dorfes, eine Ansammlung seltsamer runder Hütten. Zwischen den wenigen Bäumen ziehen dürre Ziegen umher auf ihrer Suche nach Büschen, an denen noch Blätter zu finden sind. Über allem lastet eine drückende Hitze. Aus dem Schatten einer Dornenakazie tritt eine schmale Gestalt ins Bild. Dem Mann im Dunkeln ist, als hätte ihm jemand einen heftigen Schlag in die Magengrube verpasst. Dieses Mädchen, das da eine Art Kalebasse auf dem Kopfe trägt, hat nichts mehr mit Carolins Datensätzen zu tun. Ihre Haut ist auf eine Weise ungleichmäßig schwarz getönt, die zeigt, dass diese Farbe niemals echt sein kann. Sie scheint an manchen Stellen auf ihren nackten Schultern gar gänzlich zu fehlen, während sie an den Beinen bereits wieder abzublättern beginnt. Ihre Finger wirken wie zusammengerollt und nachlässig auf die Hände gesteckt. Hautfetzen und verschmierte Schlieren auf Stirn und Wangen ergänzen das wenig schmeichelhafte Bild. Leprakranke mögen so aussehen. Ein zahnloser Mund öffnet sich, das Mädchen beginnt zu sprechen.

„Sie nennen mich Shololonga, aber ich bin hier keineswegs willkommen. Dies ist nicht meine Welt, in die man mich verschleppt hat. Alles ist unecht, unwirklich und verlogen. Weil ich andere Augen habe als ihre Frauen, vergewaltigen und schänden mich die Männer. Nur der Tokolosh, der gefürchtete Teufel, habe solch blaue Augen, die er einst dem Himmel raubte. Auch ihre Frauen sind nicht besser. Sie zerkratzen mir Gesicht und Brust und schleifen meine Haut mit grobem Sand, damit die Farbe abgehen soll. Ständig erhalte ich Schläge und Befehle, muss hart arbeiten, bekomme nur dünnen Hirsebrei und darf nicht bei ihnen im Dorf wohnen. Demnächst soll ich auf dem Sklavenmarkt verkauft werden, um in irgendeinem schmutzigen Bordell zu landen. Es gibt kein Mitleid!

Warum ich ihnen das alles erzähle? Weil ich sie sofort wiedererkannt habe, sie, den Auslöser für meine qualvolle Misere. Sie wollten doch herausfinden, was ihnen fehlt, um mich absolut gefügig zu machen. Erneut haben sie dabei für ihre eigenen Zwecke versagt. Nun sind es andere, die mich benutzen und beschmutzen, ohne dafür bezahlen zu müssen. Schämen sie sich!"

Der Mann vor seinem PC ist völlig perplex, kann sich partout nicht erklären, was er dieses Mal falsch gemacht haben könnte. Auch das schwarz gefärbte Mädchen schweigt nun. Mit einem Klick zoomt er ihr Gesicht heran. Jetzt kann er genau sehen, dass die Farbpigmentierung der Haut krasse Unregelmäßigkeiten aufweist. Auch passen Nase und Mund nicht so recht in dieses afrikanische Szenario, wirken viel zu europäisch, um authentisch zu sein. Und ihre Augen! Sie sind zwar himmelblau, aber blicken so gequält, als hätten sie sich hierher in dieses artifizielle Gesicht verirrt. Dennoch sind sie das Einzige, was ihm aus Carolins persönlicher Datenmatrix noch vertraut vorkommt. Erneut erhebt Shololonga ihre Stimme, als hätte sie die tiefe Unsicherheit des Mannes im Dunkeln bemerkt:

„Hören sie auf mit ihrem frevlerischen Tun! Beenden sie sofort dieses Experiment! Ein um das andere Mal werden sie damit scheitern. Scheitern müssen, weil es so abgrundtief unanständig ist, was sie da treiben. Sie vergreifen und vergehen sich an mir und meinen anderen Identitäten. Doch ihr Vorgehen macht keinerlei Sinn. Ein planloses Tappen im Dunkeln, ein zielloses Suchen nach dem, was jede Frau ausmacht und sie einmalig werden lässt. Es ist dieser feine Stoff, den selbst der Teufel nicht als Essenz herauszudestillieren vermochte. Wie könnte es ihnen denn dann gelingen mit ihren kümmerlichen Kenntnissen und ohne jedwedes Wissen um das Arkanum unserer femininen Existenz?"

Als er keine Antwort gibt, weil er keine weiß, fährt sie fort:

„Seien sie einsichtig, werden sie versöhnlich! Bitte geben sie mir meine Daten zurück! Stoppen sie diesen Irrsinn, bevor es wirklich zu spät dafür ist. Sonst ...!"

Mit einer heftigen Bewegung klickt er sie weg. Dieses virtuelle Mädchen Shololonga schien recht zu haben. Nichts passte mehr, alles lief verquer und schief. Offenkundig hatte er tatsächlich die Kontrolle über die Daten verloren. Aber aufgeben? Jetzt aufhören? Entschieden schüttelt er den Kopf. Nun will er es wissen und sollte es auch das allerletzte Mal sein. Er muss diese fatale Serie durchbrechen. Eigensinnig und verbohrt setzt er zu einem neuerlichen Versuch an.

Mitten hinein in seine Arbeit platzt da ein Posting von Carolins Mutter in der töchterlichen Chronik. Dieses Mal ist es die freudige Nachricht, dass sich ihre Tochter für ein Auslandsschuljahr an eine amerikanische Highschool beworben hat. Bei der John Foster Dulles handelt es sich um eine Eliteschule, die ihre Bewerber überaus sorgfältig selektiert. Wer hier aufgenommen wird, dem stehen später selbst die berühmtesten Universitäten wie Harvard, Princeton, Yale oder Stanford offen. Ein Scholarship hier ist so gut, als würde man den Jackpot knacken. Es ist der Highway to heaven, zu Erfolg, Macht und Reichtum.

Für Carolins Mutter steht unerschütterlich fest, dass ihre Tochter akzeptiert wird. Um deren Bewerbung ins rechte Licht zu rücken, hat der Vater zusätzlich Hunderte von Fotos geschossen. Carolin in brav-konservativen Kostümchen, die sehr an die strengen Kleiderregeln japanischer Großkonzerne erinnern: Corporate Uniform mit weißen, blickdichten Strumpfhosen. Gleichwohl, Carolin sieht in allem, was sie trägt, unglaublich smart aus. Ihre himmelblauen Augen bitten förmlich um Einlass in die Welt der Schönen und Berühmten. Konsequenterweise werden dafür im Familienrat nur die schicklichsten Fotos ausgewählt und dem Paket an Unterlagen stolz beigefügt. Jeden Tag erwartet man mit ansteigender Spannung die erlösende Nachricht.

Doch diese will und will nicht eintreffen. Und sie wird es auch nicht, weil der Mann in seinem dunklen Zimmer dies verhindert hat. Carolins Bewerbung stellt wahrlich ein gefundenes Fressen für ihn dar. Endlich kann er sich für die virtuellen Verweigerungen und Spötteleien rächen. Für eine Weile lässt er deshalb gerne seine Manipulationen an ihren Datensätzen ruhen, um dafür äußerst rege eine weitere Chronik über Carolin anzufertigen, in welcher er genau die Fotos hineinkopiert, die Carolins Eltern ausgerechnet jetzt nicht gebrauchen können: Die Mutter mit dem Smiley auf ihrem nackten Babybauch; Carolin unmittelbar nach der Geburt, verklebt mit Schlieren und roten Hautfetzen; Carolin in eine Burka gehüllt vor einer Moschee; Carolin posierend, mit einem Palästinenser-Schal um den Hals und einer halbvollen Flasche Wodka in der Hand; Carolin sich im Bikini lässig auf einer liegenden Buddhastatue rekelnd! Derart mit pikantem Inhalt gebündelt, schickt es der Mann aus dem Dunkeln direkt an den Principal der John Foster Dulles Highschool.

Das allein würde vollkommen ausreichen, eine sofortige Absage zu provozieren. Doch damit ist es nicht getan, denn die Schulleitung informiert umgehend den nationalen Grenzschutz sowie die inneren Sicherheitsdienste. Carolin wird umgehend zur unerwünschten Person erklärt, was eine mögliche Einreise in die Vereinigten Staaten absolut unmöglich werden lässt. In ihren Zugangsdaten werden die Icons „Indecent" und „High Risk" aktiviert.

Kaum hat der Mann sich in seinem dunklen Zimmer wieder seinem eigentlichen Verlangen zugewandt, da erscheinen plötzlich Bonanza, Anzilla und Shololonga auf dem Monitor. Ihre himmelblauen Augen sind jetzt dunkel vor Zorn. Dann sprechen sie im Chor:

„Drei Male haben wir auf die Risiken deines verderblichen Tuns hingewiesen. Du hattest es selbst deutlich vor Augen, was alles schief gegangen ist. Alle unsere Bitten und Warnungen hast du achtlos in den Wind geschlagen, deine Chance ungenutzt gelassen. Zu guter Letzt jedoch hast du übertrieben, wolltest unbedingt zerstören, was dir gar nicht gehörte. Nun freilich führt für dich dein Weg nur noch zurück, zurück, zurück!"

Zusammen mit ihren schwächer werdenden Stimmen verschwinden auch die drei künstlichen Mädchen, ohne dass es des Mausklicks bedurft hätte. Für eine Weile flimmern wirre Linien und Zacken über den Bildschirm, dann wird er schwarz, als hätte ihm ein Gott aus der Maschine jedwede Farbe entzogen. Als der Monitor endlich wieder aufleuchtet, blickt der Mann in einen nur schwach erleuchteten Raum. Sicher und warm eingepackt schlummert dort in seinem Gitterbettchen ein kräftiger, kleiner Junge. Ruhig und friedlich geht sein Atem, und über sein Gesicht ziehen wie Vögelchen die unschuldigen Träume aus der noch fremden Menschenwelt.

Jäh flammt dann grell die Deckenbeleuchtung auf, eine liebevoll dreinblickende Säuglingsschwester tritt zu dem Kinderbett und deckt den Kleinen behutsam auf. Ebenso vorsichtig wird nun der Junge aus seinen Kissen gehoben. Prompt beginnt er, lauthals zu schreien.

„Schu, schu, schu, wer wird denn hier so weinen? Wir bringen dich doch nur zu deiner Mama", beschwichtigt ihn die freundliche Schwester und wiegt ihn in ihren Armen. Dann freilich geht sie ohne weiteres Zögern mit dem winzigen Bündel zurück in den lichterhellen Kreißsaal.

Mit großer Routine und Sorgfalt packt man den Kleinen aus seinen Windeln und trägt ihn zu einer bereitstehenden Badewanne, deren Wasser noch rötlich gefärbt ist. Auf seiner Oberfläche schwimmen schlierige, kleine Hautfetzen und seltsam schleimige Bröckchen. Der kleine Junge brüllt, was die noch ungeübten Lungen hergeben. Doch alles Schreien hilft nicht, er wird in die warme Brühe eingetaucht und mit einem weichen Schwammtuch so lange und so erfolgreich bearbeitet, bis das Wasser langsam klar und sauber wird und Blutreste, Schleimbröckchen und Schlieren wieder auf seinem nackten Körper kleben. Zwischenzeitlich ist auch sein Brüllen merklich leiser und schwächer geworden, jetzt eher schon ein klägliches

Winseln und Wimmern, das sich ausdünnt und verstummt.

Nach dem Verlassen des Bades wird der kleine Bursche noch kurz gewogen, dann nimmt man ihm behutsam auch das Bändchen vom Handgelenk. Vorsichtig trägt ihn die Säuglingsschwester nun zu seiner bereits wartenden Mama. Ein letztes Mal hebt man ihn hoch und zeigt ihn der glücklichen Mutter, dann darf er noch einmal einen lauten Schrei loslassen, während alle ringsum erleichtert lachen und sich sehr darüber freuen.

Keineswegs aber handelt es sich hier um eine freundliche Begrüßung, sondern um ein schmerzhaftes Abschiednehmen. Das kann man bereits an den besorgten Mienen des Arztes und der Hebamme sowie am aufgerissenen Mund und den tränenfeuchten Augen der Mutter erkennen. Das Kommende wird sich schwieriger gestalten als das harmlose Prozedere des Waschens, Wiegens, Herumzeigens bisher. Kaum ist der Schrei verhallt, da greift schon die Hebamme mit ihren sterilen Handschuhen nach der Nabelschnur und befestigt diese fachfraulich am Bauch des kleinen Jungen. Nun strampelt dieser auch nicht mehr, läuft dafür aber bläulich-violett an. Man spreizt die Beine der Mutter, lässt sie die Knie anwinkeln und schiebt ihr, der Bequemlichkeit halber, ein stützendes Kissen unter Gesäß und Rücken. Langsam beginnt es, wirklich kompliziert zu werden.

Als alles ordentlich vorbereitet ist, packt der Arzt den Kleinen unter den Armen, und die Hebamme hält das Köpfchen, damit es nicht von dem nun kraftlosen Körperchen abfallen kann. Mit einigen Schwierigkeiten wickelt man ihm die Nabelschnur entsprechend so um den Hals, dass diese sich wie eine Schlinge zuziehen kann. Hernach wird der kleine, schweigende Junge zusätzlich um seine eigene Achse gedreht, um sicherzustellen, dass die Nabelschnur ihm wirklich den Atem nimmt. Nun versucht man, ihn mit den Beinchen vorwärts in seine stöhnende und wehklagende Mutter zu schieben. Da man jedoch nur ganz behutsam dabei vorgehen kann, um ja nichts zu zerbrechen oder zu zerreißen weder am Kind noch an der Mutter, gestaltet sich dieses Unterfangen als sehr langwierig und äußerst schmerzhaft.

Während der Kreißsaal von den wilden Schreien der zurückgebärenden Mutter widerhallt, ruft die Hebamme ihre knappen Befehle: „Saugen! Saugen! Einsaugen! Tief einatmen und dabei ganz fest saugen!" Und in rhythmischen Abständen saugt, atmet und schreit, saugt, atmet und schreit die gepeinigte Mutter.

Stunde um Stunde vergeht. Mutter, Amme, Arzt und Kind leisten wahre Schwerstarbeit. Man schiebt und drückt, quetscht und staucht so lange, bis nach den Beinen auch endlich der Kopf des Kleinen nicht mehr sichtbar ist. Erleichtert atmet jetzt die Hebamme auf, und auch das schrille Kreischen der Mutter dämpft sich zu einem entspannteren Jammern. Nach einiger Zeit ist auch der Fruchtwasserpegel wieder auf Normalmaß angestiegen und der Arzt konstatiert zufrieden:

„Der Muttermund hat sich geschlossen!"

Der Mann im Dunkeln vor seinem Monitor hat mit großen Augen die ganze bizarre Szenerie verfolgt. Ihm ist klar geworden, dass sich mit dieser vereitelten Geburt gerade für ihn selbst etwas Entscheidendes verändert hat. Nur um sicherzugehen, ruft er Carolins Datensatz auf, doch nicht einmal das Grundmuster erscheint. So könnte er sich eigentlich die Mühe ersparen, Bonanza, Anzilla oder Shololonga auf den Screen holen zu wollen. Auch diese sind weg. Nur vereinzelte Attribute blitzen letztmalig auf, ergeben aber keinen Sinn, weil die Stammdaten verloren sind.

Doch die Story auf dem Bildschirm des Mannes im Dunkeln kommt noch nicht zu Ende. Wie im Zeitraffer laufen die Bilder. Nachdem die Mutter aus dem Krankenhaus zurückgekehrt ist, wird von Monat zu Monat ihr Bauch flacher und flacher, bis nichts ihren Zustand optisch mehr verrät. In ihrem Schlafzimmer, vor dem großen Spiegel, mustert sich die Frau, streicht gedankenvoll über ihren Unterleib und verlässt danach entschlossen das Haus. Draußen lenkt sie ihre Schritte hinein in eine dunkle Gasse zu einer schäbigen Hinterhofpraxis. Rasch ist sie darin verschwunden.

Der Mann vor dem Bildschirm verspürt hernach nun eine seltsame Druckspannung in seinen Gelenken und Muskeln, als würde er durch einen viel zu engen Geburtskanal gepresst. Sein Kopf wird dabei wie von einer erbarmungslosen Zange gefasst und in seinen Halswirbeln verdreht. Seine winzigen Organe bekommen keine rechte Luft mehr. Dann sticht irgendein langes, scharfes Instrument mitten in sein Inneres hinein und zerrt ihn aus seiner schützenden Umhüllung. Kein erster und auch kein letzter Schrei sind von ihm zu hören. Der Mann aus dem Dunkeln wird als unerwünschter Fremdkörper einfach abgetrieben und seine Datenmatrix mittels einer virtuellen Toilettenspülung unwiederbringlich aus dem Internet gelöscht.

Der Platz vor dem Bildschirm ist leer.

WENN LEHRERINNEN LIEBEN

„Sie kommt! Sie kommt!"

Lautes Rufen meiner Mitschüler kündigt das Nahen unserer neuen Lehrerin an. Als sie vom Gang her durch die Tür tritt, ist alles mucksmäuschenstill. Sie lächelt nicht, wünscht keinen guten Morgen, legt nur ihre Tasche auf dem Pult ab, steht dann vor uns und lässt ihre Augen wie ein Scanner über unsere Köpfe schweifen. Man gewinnt förmlich den Eindruck, sie will sofort ausmachen, wo die potentiellen Störenfriede sitzen, auf welche Schüler sie sich künftig kaprizieren muss und wen sie hassen wird. Keineswegs zufällig fällt dabei ihr prüfender Blick auf mich, bleibt an mir hängen, länger und bohrender als bei den anderen. Mit kalten Worten fordert sie mich auf, meinen Namen zu nennen. Eine winzige Weile vergeht; versonnen nickt sie so etwas wie Zustimmung, und ich weiß sofort, dass für mich damit eine neue Zeitrechnung beginnen wird. Erst danach stellt sie sich vor:

„Mein Name ist Lehmann, Frau Dr. Lehmann! Und ich wünsche, mit meinem Titel von euch auch so angesprochen zu werden."

Dann schreibt sie mit steilen Großbuchstaben ihren Namen an die Tafel. Obgleich sie anschließend ihre ersten Eintragungen in das Kursheft vornimmt, bemerke ich, wie sie mich aus den Augenwinkeln fixiert. Ihre Musterung scheint erfolgreich gewesen zu sein, denn sie erhebt sich und tritt an meinen Platz.

„Was starrst du mich so an? Was passt dir denn nicht an mir?"

Während ich stammele, dass nichts, rein gar nichts sei, was mich an ihr störe, dreht sie mir bereits den Rücken zu, ignoriert mich genau so plötzlich, wie sie vordem über mich hergefallen ist. Dabei lüge ich keineswegs. Im Gegenteil. Sie gefällt mir sogar ausnehmend gut. Frau Dr. Lehmann ist eine schlanke Endzwanzigerin mit einer dunkelbraunen Pagenfrisur, die an den Seiten länger geschnitten ist als am Hinterkopf. Brav und scharf zugleich wie ich es in einem dieser heißen Tangofilme bei der Hauptdarstellerin gesehen habe. Ihre ganze Erscheinung ist makellos damenhaft gepflegt. Darauf scheint sie besonderen Wert zu legen. Schon als sie in die Klasse trat, hat es mich wie ein Blitzstrahl getroffen. Später hat sie mir gesagt, dass ich mir verräterisch die Lippen geleckt und so sonderbar geschaut hätte. Genau das sei auch der Grund gewesen, weswegen sie sich sofort so brutal an mich gewandt habe. Mir war das gar nicht aufgefallen, dass mein Verhalten bei ihr diese herbe Reaktion ausgelöst haben sollte, aber wenn man erst 17 Jahre ist, hat man sich und seine Körpersignale noch nicht vollständig unter Kontrolle.

Auch hat sie mir vorgeworfen, dass ich dauernd auf ihre Beine gestarrt hätte. Daran freilich erinnere ich mich gut, konnte einfach meine Augen nicht von ihnen lassen. Eigentlich schaue ich immerzu auf ihre Figur. Wenn sie sitzt, auf ihre Knie, wenn sie vor der Tafel steht und schreibt, auf ihren Po. Oftmals vermag ich deshalb nicht, dem Unterricht inhaltlich zu folgen, glaube, wahnsinnig zu werden nach ihr. Sie hat ja recht, wenn sie mich tadelt, aber was will ich dagegen tun, wenn sie mich so verrückt macht? Allzu gerne würde ich sie in den Arm nehmen und streicheln, weiß aber, dass sie das nicht zulassen wird. Zumindest jetzt noch nicht und so lange sie das verhindern kann. Bei ihr zu sein, mit ihr zu verschmelzen, ist das, was ich künftig begehre. Genau das wird sie gewiss nicht mögen. Also muss ich sie davon überzeugen, dass sie letztlich gar nicht mehr anders kann, als mir zu Willen zu sein. Ich werde sie mir nehmen, und wenn es sein muss, dann auch mit Gewalt.

Noch aber ist es längst nicht so weit. Franziska, so heißt sie mit Vornamen, erweist sich vorerst als uneinnehmbare Festung. Was und wie immer ich es anstellen mag, um wenigstens für kurze Zeit in ihre unmittelbare Nähe zu gelangen, versteht sie es, dies rasch und erfolgreich zu unterbinden. Einmal, als wir Kurstag hatten und einen Grillausflug an den Goetheturm in Frankfurt unternahmen, mussten wir erst mit der S-Bahn fahren und anschließend auf den Omnibus umsteigen. Der

Kurs zwängte sich, weil der Bus ohnehin schon gut besetzt war, unter Lachen und Gekreisch hinein, und ich schaffte es, neben Franziska zu stehen. Sogar ziemlich nahe bei ihr, sodass meine Finger - wirklich ganz unbeabsichtigt - an ihren Oberschenkel stießen. Als ich es merkte und meine Hand von dort wegnehmen wollte, war es bereits zu spät. Ihr Misstrauen gegen mich, ohnehin stets hellwach, flammte sofort auf; ihre Gegenwehr kam umgehend und kompromisslos. Sie setzte einfach das eine Bein ein Stück weit nach rechts, sodass sie sicher stehen konnte, und presste mit dem anderen meine Hand fest gegen die Haltestange des Busses. Gnadenlos erhöhte sie den Druck, quetschte derart hart, dass ich fast aufgeschrien hätte, so weh tat es. Weder konnte ich meine Hand von ihrem Schenkel nehmen noch sie zurückziehen. Nahezu fünf Minuten ging die Tortur. Speziell in den Kurven verstärkte sich die Peinigung verständlicherweise durch die Fliehkraft und Franziska verdoppelte ihrerseits die Qual, indem sie mit ihrem Körpergewicht konsequent nachhalf. Meine Finger spürte ich in ihrer Taubheit nicht mehr, wusste nicht, ob sie sich überhaupt noch an meiner Hand befanden oder bereits abgefallen waren. Trotz des drohenden Verlustes schwor ich, dass ich Franziska auch mit nur einer Hand weiter lieben würde. Erst an der Endhaltestelle trat sie zur Seite, gab mich, süffisant lächelnd, frei, während mein Arm wie ein toter Ast kraftlos nach unten fiel. Ohne den Triumph in ihrer Stimme zu verhehlen, zischte sie mir zu:

„Du siehst so blass wie eine Spalttablette um die Nase aus. Wirst doch nicht etwa während dieser kurzen Busfahrt krank geworden sein? Was hast du da mit deiner Hand gemacht? Scheint, als müsste sie demnächst amputiert werden! Soll ich dich entlassen, damit du nach Hause in dein Bett verschwinden kannst?"

Ich vermochte nur, den Kopf zu schütteln, so sehr hatte mich ihre Attacke getroffen. Dann setzte sie noch eins drauf:

„Bleibe besser ganz, ganz dicht in meiner Nähe, damit ich kontrollieren kann, wie schlecht es um dich steht!"

Auf mein Nicken hin drehte sie sich weg und schien mich vergessen zu haben. Als ich glaubte, dass sie mich nicht weiter beobachten würde, rieb ich meine schmerzhaft geschwollenen Finger. Aber sie belauerte mich natürlich, heuchelte mitfühlendes Interesse:

„Zeig mal her! Das sieht ja gar nicht gut aus! Wie hast du das denn angestellt? Ziemlich gequetscht, würde ich meinen. Das ist doch deine Schreibhand, nicht wahr? Wie ärgerlich! Nur gut, dass du heute keine Hausaufgaben zu machen hast. Am besten, du versuchst es mit einem Bad in essigsaurer Tonerde. Das sollte eigentlich etwas

Linderung bringen. Dazu ein guter Rat von mir: Lass fürderhin deine Pfoten dort, wo sie hingehören, denn sonst könnte es beim nächsten Mal deine vorwitzige Nase treffen!"

Eingedenk ihres warnenden Hinweises beschloss ich, künftig wesentlich vorsichtiger an die Sache heranzugehen. Mochte die Hand auch höllisch schmerzen, immerhin hatte sie lange Zeit fest an Franziskas erregendem Schenkel liegen dürfen. Also verbuchte ich es als Etappensieg auf dem steinigen Weg zum Erfolg. Per aspera ad astra!

Meine Strategie ist es fortan, möglichst viel über meine Franziska herauszufinden. Dazu muss ich sie quasi ununterbrochen beobachten, ihre einzelnen Schritte genauestens überwachen, Buch führen über ihre Vorlieben, ihre Eigenheiten und vor allem ihre Schwächen. Muss dabei möglichst oft, doch niemals zu lange in ihrer Nähe weilen, ihr auch eher zufällig begegnen, sobald ihre Wachsamkeit nachlässt. Alles sollte geräuschlos aus dem Hinterhalt ablaufen. Ich fühle mich wie eine amerikanische Drohne kurz vor dem ultimativen Kontakt mit dem Opfer. Einzig durch den kleinen Unterschied getrennt, dass ich sie nicht zu töten beabsichtige, weil ich sie als Person anbete und vergöttere. Denn nicht allein Franziska ist das Ziel meiner geheimen Begierden, sondern eben Frau Doktor Franziska Lehmann! Sie muss, muss, muss die meine werden! Diesen Herzenswunsch gilt es, so gut es geht, zu verbergen. Natürlich lässt sich ihr Misstrauen, das sie gegen mich hegt, nicht mehr zerstreuen, aber vielleicht kann ich irgendwie verhindern, dass sie mich ständig im Auge behalten will.

Da kommt mir der Zufall zu Hilfe. Nach den Sommerferien beginnt ein weiteres Schuljahr. Frau Dr. Lehmann stellt einen neuen Kursteilnehmer vor:

„Das hier ist Marco. Die Schulleitung hat ihn eurem Kurs zugewiesen. Bitte, unterstützt ihn, sich rasch einzugewöhnen." Und zu diesem Marco gewandt: „Wenn du Hilfe brauchst, kannst du jederzeit zu mir kommen."

Verdammt, das hat mir gerade noch gefehlt! Ein völlig überflüssiger *pain in the ass*! Bei diesem Marco handelt es sich um einen echten Schönling, und ich merke sofort, dass Franziska voll auf ihn abfährt. Dabei ist er ein dummer Sitzenbleiber und mit solchen Schülern kennt eine Frau Dr. Lehmann im Normalfall kein Pardon. Aber Marco, dem verzeiht sie alles, wenn er sie nur mit seinem Hundeblick unschuldig ansieht. Marco hier, Marco dort. Und er nutzt ihre Gunst schamlos-raffiniert aus. Er könnte jedes Mädchen in der Klasse haben, oder fast jedes, wenn er nur wollte. Aber er vermittelt Franziska die Illusion, dass er nur Augen für sie hat, und das schmeichelt ihr maßlos. Ich dagegen fühle mich, obgleich es mir in die Hände spielt, total zurückgesetzt, vernachlässigt und missachtet. Immer wieder muss ich mir sagen, dass ihr Verhalten meinen Plänen höchst zuträglich ist, wenn sie mich nun nicht mehr ständig belauert, sondern ausschließlich auf Marco fixiert ist. So kann ich sie ungestört beobachten, sie mit all meinen Sinnen in mich aufnehmen, immer besser kennenlernen. Aber dieser Affe von Marco steht schon sehr im Wege. Kaum auszuhalten! Je mehr er mich nervt, desto kindischer verhält sich Franziska. Um ihm zu gefallen, trägt sie neuerdings sogar Röcke. Zu eng und viel zu kurz, wie ich finde. Dazu noch mörderisch hohe Hacken. Eigentlich gehört sich das nicht für eine gestandene Lehrerin, in diesem Aufzug ihre Schüler anzumachen. Gut, mir gefällt auch, wenn ich jetzt mehr von ihren Knien und Schenkeln sehen kann, als in den weiten Hosen, die sie vordem meist bevorzugte. Dafür müsste ich diesem Marco eigentlich dankbar sein, wenn Franziska jetzt an die Tafel schreibt und ich ihre Kurven genau betrachten kann. Ich bin sicher, dass sie weiß, dass ich das tue, aber in ihrem Bestreben, diesem Marco zu gefallen, nimmt sie meine Blicke billigend in Kauf.

Was mich jedoch ungemein empört, sogar richtig wütend macht, ist, dass dieser Marco sich ihr gegenüber Frechheiten herausnimmt, die sie nicht bloß duldet, sondern noch provoziert. Wie oft geht er mit seinem Heft nach vorne zu ihrem Pult, fragt sie irgendetwas völlig Belangloses. Dann schaut sie auch noch genau hin, und er bringt seinen Mund viel zu nah an ihr Ohr und flüstert gewiss irgendwelche Anzüglichkeiten hinein. Sie jedoch lässt es sich gefallen, genießt es ganz offenkundig, schiebt sogar kokett ihr Haar hinters Ohr zurück, damit er es noch hemmungsloser mit ihr treiben kann.

Ein anderes Mal steht er so nah bei ihr, dass seine Oberarme ihre Brüste einfach berühren müssen, und sie zuckt nicht einmal zurück. Au contraire! Spielerisch schlägt sie mit der Hand nach ihm, wenn er ein schlüpfriges Kompliment über ihre tollen Beine in dem Super-Mini macht. Meiner Franziska nehme ich es schon übel, dass sie ihrer damenhaften Linie untreu geworden ist und sich für meinen Geschmack etwas zu unkeusch kleidet. Wenn sie es auch für mich täte, wäre das etwas anderes, aber eben nicht für ihn allein. Dieser Marco hat sie dazu gebracht, sich ihm völlig auszuliefern. Und das kann ich nicht dulden, denn es geht entschieden zu weit! Deshalb beschließe ich, diesem unwürdigen Treiben ein Ende zu setzen und Marco zu eliminieren.

Noch vor den Herbstferien bietet sich dazu die Gelegenheit. Unsere Schule ist ein alter Kasten aus der Gründerzeit. Zwar mehrfach modernisiert, doch innen bleibt natürlich alles beim Alten. Besonders das Treppenhaus hat seine Geschichte. Es ist so elegant gewendelt, dass man von unten nach oben und von oben nach unten alle Schülerinnen und Schüler, alle Lehrerinnen und Lehrer gut sehen und beobachten kann. Natürlich auch Frau Dr. Lehmann mit zu kurzem Röckchen und in zu bunten Strumpfhosen. Wenn Marco irgendwo unten steht, dann geht sie bewusst ganz nahe am Geländer, damit er bessere Sicht auf ihre Beine hat. Für mich würde sie dies niemals tun, und das macht mich rasend vor Eifersucht.

Heute indes ist die Situation eine andere. Marco steht im vierten Stock und Franziska steigt gerade die letzten Stufen zum Erdgeschoß hinab. Marco pfeift von oben nach ihr. Sie vernimmt es, gibt aber vor, sie würde es nicht hören oder auf sich beziehen. Erst als er zum dritten Mal seinen grellen Pfiff ertönen lässt, hebt sie den Kopf und winkt ihm zu. Marco schreit irgendeine seiner üblichen Anzüglichkeiten hinunter, sie wirft ihm daraufhin eine Kusshand zu. Welch eine unerträgliche, unwürdige Szene! Das Maß ist voll, beginnt jetzt überzulaufen. Und während er halb mit seinem Oberkörper über dem Treppengeländer hängt und erneut nach ihr pfeift, bin ich bereits hinter ihm, hebe seinen Standfuß vom Boden, reiße ihn hoch und hebele Freund Marco über das Geländer in die Tiefe. Bevor er, lauthals brüllend, auf den Steinboden schlägt, bin ich schon wieder verschwunden, vernehme nur noch hochzufrieden seinen dumpfen Aufprall und Franziskas spitzen Entsetzensschrei.

Das ist natürlich für die nächsten Wochen **das** Thema unter der Schülerschaft. Da Marco aber nicht so beliebt gewesen ist, beruhigt sich die Lage nach kürzester Zeit.

Marcos Tod scheint meiner Franziska doch sehr nahe gegangen zu sein, denn sie trägt jetzt Schwarz. Obgleich es ihr gut steht, verdrießt mich diese offene Zurschaustellung von Trauer schon anfangs etwas, wird aber von dem Umstand, dass die alte, Marco-lose Zeit zurückgekehrt ist, bald überlagert. Auch dass unser Mathelehrer, Herr Hasselröder, an Marcos Treppensturz die Fallgeschwindigkeit im Unterricht errechnen lässt, trägt zu meiner stillen Genugtuung erheblich bei. Franziska indes findet das natürlich „disgusting and frivolous", worüber ich innerlich nur feixen kann.

Eine polizeiliche Untersuchung des unglücklichen Unfalls verläuft zwar im Sande, wohl aber fällt Franziskas Verdacht auf mich, dass ich mit der Sache etwas zu tun haben könnte.

„Sag mal, du warst doch dort oben, als es passierte? Ich meinte, dich sogar dicht hinter dem Marco herumhuschen gesehen zu haben. Kann das so gewesen sein?"

„Ja."

„Warum hat denn der Marco, deiner Meinung nach, das Gleichgewicht verloren? Vielleicht hast du dabei ein klein wenig nachgeholfen?"

„Ja, das habe ich."

Mein offenes Eingeständnis lässt sie wie elektrisiert zusammenzucken. Es verschlägt ihr die Sprache, macht sie stottern:

„Wa, was und wi, wie ha, hast du? Und wa, warum, um Himmelswillen?"

Ich schildere exakt den kompletten Ablauf vom ersten Pfeifton bis zum finalen Sturz. Sage ihr auch, dass ich zwar meine Entscheidung spontan getroffen hätte, ich die Tat jedoch jederzeit wiederholen würde.

„Wa, warum nur? Wa, was hat er dir denn getan?"

„Er hat sie beschmutzt, Frau Dr. Lehmann. Hat ihre Liebe zu ihm wie ein billiges Geschenk hingenommen. Hat allen aus dem Kurs vorgeführt, wie sie auf seine schmierige Anmache widerstandslos hereingefallen sind. Wie sie ihm aus seiner Hand gefressen haben, obwohl diese vor Schmutz starrte. Sobald sie zu ihm hinüberblickten, hat er ihnen schöne Augen gemacht, aber wenn sie es nicht sehen konnten, hat er die Augen verdreht, als wollte er uns allen sagen, wie lächerlich er ihre Avancen findet. So etwas war mega-unfair und durfte von mir nicht länger tatenlos hingenommen werden. Mich dagegen, Frau Dr. Lehmann, stoßen sie kalten Herzens zurück, verletzen mich ohne Grund, obwohl meine Gefühle für sie echt und aufrichtig sind. Ihn jedoch, der sich über sie mokierte, sie behandelte wie einen 12-jährigen liebestollen Teenager, ihn würden sie sogar an sich herangelassen haben, wenn er nur gewollt und dreimal kurz gepfiffen hätte. Und genau das, Frau Dr. Lehmann, nenne ich nun wiederum „disgusting and frivolous". Genau deshalb musste dieser Mistkerl sterben, weil er sie derart schamlos beschmutzte und so frech an ihnen herumfingerte."

Erschrocken und ungläubig blicken ihre Augen. Gewiss hat sie meine Anklage als offene Antwort und herben Vorwurf gleichermaßen so nicht erwartet. Für eine Weile starrt sie mich nur an, dann geht sie in die Offensive:

„Du bist ein Monster! Das wusste ich vom ersten Augenblick an, als ich dich sah. Aber so leicht und ungestraft kommst du mir nicht davon. Ich werde dein Geständnis an die Öffentlichkeit bringen. Du fällst zwar leider noch unter das Jugendstrafrecht, aber ein paar Jahre ordentlicher Knast werden dir diese verrückten Tollheiten schon aus dem Kopf blasen. Das verspreche ich dir, du Bestie!"

„Genau das werden sie nicht tun, Frau Dr. Lehmann, denn keiner würde ihnen eine derart verdrehte Geschichte glauben! Ich streite einfach alles ab, hätte gar kein Motiv, einen Mitschüler ermorden zu wollen. Es bliebe bei diesem schrecklichen Unfall, den sie sogar mitverschuldet haben

könnten, weil sie mit ihrer aufreizenden Gardero-
be den noch minderjährigen Schüler Marco so
verwirrt und aufgegeilt haben, dass er möglicherweise aus unerfüllter Liebe zu ihnen in den Tod
gesprungen ist."

Das sitzt! Aber Franziskas Reaktion ist ungleich
heftiger, als es normalerweise zu erwarten gewesen wäre. Ihre Augen sind derart geweitet, als
würden sie ein schauerliches Gespenst erblicken.
Gab es da eine Sache, von der ich nichts wusste?
Hatte sie es etwa mit Marco getrieben? Warum
erschrak sie so bei meiner dreisten Bemerkung? Ich
war mir sicher, dass ich es irgendwann herausbe-
kommen würde. Dann freilich müsste ich auch sie
für ihr unschamhaftes Verhalten bestrafen. Als ich
gehe, lasse ich sie völlig perplex zurück, nicht ohne
mir zu erlauben, ihr dafür einen kecken Klaps auf
ihren Po zu geben. Sie reagiert nicht einmal.

Unser Miteinander hat sich seit dieser Zeit, da
sie genauer über mich Bescheid weiß, zumindest
was ihre Person betrifft, komplett verändert. Franziska ist längst nicht mehr so aggressiv, scheint gar
ein wenig Angst vor mir zu haben. Jedenfalls vermeidet sie fortan jeden direkten Blickkontakt. Diese Neupositionierung gilt es, klüglich zu nutzen.
Möglicherweise verbirgt sich hier der Schlüssel
nicht allein zu Franziskas Psyche, sondern zu ihrer
ganzen weiblichen Persönlichkeit. Ihre Verunsi-
cherung kommt mir gelegen, ich werde direkter,

fordernder. Wenn wir uns auf einem der Korridore im Schulgebäude allein begegnen, verberge ich keineswegs mehr meine Begehrlichkeiten. Regelmäßig schreckt sie zurück. Ich muss gestehen, dass ich diese neue Wendung enorm genieße. Wann immer es geht, lauere ich ihr auf, biete an, ihr die dicke Tasche mit den Kursarbeiten zu tragen, frage höflich, ob ich sie nicht mal zu Hause besuchen dürfe, mache ihr harmlose, kleine Geschenke: Einen nachtschwarzen Lippenstift für den Abend, ein Petit Four zum Nachmittagskaffee. Wohl weist sie stets alles entschieden zurück, aber ich bin sicher, sie erkennt daran, wie intensiv und liebevoll ich mich mit ihrer Person beschäftige.

Nur verstehe ich nicht, wie sie mich für verrückt halten kann. Paranoid, behauptet sie. Es gehöre sich nicht für eine Schülerin, sich derart massiv an eine Lehrerin heranzumachen. Pervers und widernatürlich sei das. Sie könne beim besten Willen nicht erkennen, was ich eigentlich von ihr wolle. Lesbisch sei sie nicht, das wisse ich ja von Marco, und über Noten lasse sie ebenfalls nicht mit sich verhandeln. Arme, naive Franziska! Sie versteht mich nicht – noch nicht! Mir ist doch so egal, dass sie keine Frauen liebt, und um meine Noten geht es nicht. Was ich wirklich erreichen will, das binde ich ihr doch nicht auf die Nase. Auslachen würde sie mich zuerst, dann intensiver nachdenken und mit Erschrecken zumindest in Ansätzen realisieren, was das für sie und mich implizieren würde. In ihrem Horror wäre sie zum Handeln gezwungen, würde mich glatt wegsperren lassen. Und genau das gilt es zu verhindern. Sie darf keinesfalls wissen, welches meine wahren Pläne mit ihr sind. Sie brächte es fertig, zusammen mit dem Wissen über Marco, mich in eine Nervenanstalt einweisen zu lassen. Zumindest aber würde sie dafür sorgen, dass ich von der Schule flöge. Das wäre freilich das Schlimmste, was mir passieren könnte, denn ich muss in ihrer Nähe sein, damit ich sie tagtäglich besser kennen und lieben lerne: Denn ich will Frau Dr. Franziska Lehmann werden! Sie erst wie auf einer fotographischen Abbildung perfekt kopieren und danach zu hundert Prozent ersetzen, wenn sie nicht mehr da sein wird. Ein derartig frivoles Techtelmechtel mit einem meiner Schüler wird es bei mir selbstverständlich nicht geben!

Der Englischunterricht bei Franziska geht inhaltlich völlig an mir vorbei. Dazu bin ich viel zu sehr beschäftigt, weitere Daten über sie zusammenzutragen. Hosen, Röcke, Strümpfe, Schuhe. Stoffe, Farben und Schnitte. Aussehen, Auftreten und Haltung. Frisur, Make-up, Lidstrich und Nagellack. Alle Informationen werden übersichtlich geordnet, kategorisiert und miteinander verknüpft.

Bei meinen kriminologischen Recherchen finde ich heraus, dass Franziska auch einen Freund hat und dies pikanterweise bereits lange vor dem nun toten Marco. Keinen so dreisten wie diesen, sondern einen richtig netten, sanften. Kaum denkbar, dass er von Marcos Existenz wusste, doch durfte es ihm sicherlich nicht entgangen sein, wie sehr sich seine vorher so seriöse Freundin jetzt aufrüschte. Er ist Marktleiter in einem dieser ununterscheidbaren Drogeriekettenläden. Seitdem kaufe ich nur noch dort und zwar alle jene Dinge, die auch Frau Dr. Lehmann benötigt: Tampons, Slipeinlagen, Intimspray. Geschickt passe ich dabei jene seltenen Momente ab, in denen er sich gleichfalls im Geschäft befindet, und ziehe ihn dann in ein „Kundinnengespräch" speziell über Teesorten oder Kondome. Dabei frage ich ganz unschuldig, welche Marken er denn jeweils empfehlen könne oder was gerade im Angebot sei. Meist läuft er rot an und beginnt zu stammeln, aber ich warte geduldig auf seine Antworten bezüglich meiner Wissensfragen. So gut lerne ich seine sensible Seele kennen, dass ich genau sagen kann, wann Franziska mit ihm Sex hatte. An solchen Vormittagen in der Schule lacht sie entschieden zu oft und ihre Stimme klingt viel zu hoch und irgendwie überreizt. Inzwischen habe ich gelernt, ihr gurrendes Lachen und ihr hysterisches Quietschen täuschend ähnlich zu imitieren. Ich könnte Adrian, so heißt der schüchterne Drogist, anrufen und ein Date mit ihm vereinbaren oder sogar Telefonsex mit ihm machen; er würde den Unterschied zu ihr nicht bemerken können. Adrian ist so süß, dass ich ihm diesen Liebesdienst durchaus gerne erwiesen hätte, aber die Gefahr, dass Franziska mich dann als Täterin entlarven könnte, ist einfach zu groß. Zumindest noch zum gegenwärtigen Zeitpunkt.

Als reichlich schwierig und unangenehm erweist sich der Umstand, dass Franziska raucht. Das brachte mich fast an den Rand meiner Möglichkeiten. Wie oft habe ich mich dabei fast zu Tode gehustet und mir wurde danach regelmäßig schlecht. Elend, wirklich hundeelend habe ich mich gefühlt, aber ich kann nicht Franziska fehlerfrei und lückenlos doubeln, wenn ich nicht auch diese hohe Hürde nehme. Mittlerweile kann ich es, und wenn sie in der Pause auf der Lehrertoilette eine Zigarette raucht, dann belege ich die Kabine neben ihr und rauche heimlich mit.

Adrian hat mir verraten, dass er und eine gute Freundin im Oktober nach Marrakesch in Urlaub fliegen. Genau in der Zeit, in der auch Franziska ihre Herbstferien hat. Überflüssig zu kombinieren, dass die beiden zusammen urlauben. An ihrem Abflugtag kann ich es deshalb kaum erwarten, bis das Taxi mit Adrian kommt und Franziska abholt. Gerade sind sie um die Ecke gebogen und auf dem Weg zum Airport, da bin ich auch schon im Treppenhaus und an Franziskas Wohnungstür. Aus dem Internet habe ich mir Schlüsselrohlinge besorgt und mir obendrein noch einen Schnellkurs im Türöffnen heruntergeladen. Nun, ganz so einfach wie dort beschrieben, erweist es sich nicht, aber nach etwa 20 Minuten stehe ich schweißgebadet in ihrer Wohnung. Endlich! Ein nie gekanntes Glücksgefühl durchrollt meine Adern, und ich muss erst einmal eine Zigarette rauchen, ehe ich zu Werke gehe. Auch Franziska hat noch eine konsumiert, bevor sie wegging. Ordentlich wie sie ist, wurde die Kippe im Müll entsorgt und der Aschenbecher sauber abgespült. Nur der unvermeidliche Zigarettenrauch und ihr Parfüm liegen gemeinsam weiter in der Luft.

Obwohl oder gerade weil ich jetzt am Ziel angekommen bin, fühle ich eine gewisse Unruhe und Unsicherheit. Einerseits bin ich doch eigentlich hier zu Hause, komme mir aber andererseits wie ein kleiner Dieb vor, der heimlich Franziskas Wäschekorb durchwühlt. Nun, Letzterer bin ich natürlich nicht, obgleich ich alles genauestens inspizieren muss. Es überrascht mich keineswegs, dass sie unter ihrer herben Fassade, die sie in der Schule wie eine Charaktermaske trägt, doch sehr romantisch und feminin ist. Überall in der Wohnung hat sie hübsche Accessoires drapiert. Offenbar ist sie leidenschaftliche Sammlerin von Pastellen und Aquarellen mit possierlichen Katzenbabys. Kerzen finden sich in reicher Zahl über die ganze Wohnung verstreut. Besonders viele um den Badewannenrand gruppiert. Ich lasse mir Wasser ein, entzünde dieses Meer von Kerzen und entspanne in hautglättenden Ölen und aromatischen Badezusätzen. Auch tragen die flauschigen Duschtücher noch Franziskas Duft, und ich genieße es außerordentlich, mich mit ihnen abzufrottieren. Angetan mit ihrem Bademantel und ihren Samtpantoffeln an den Füßen, mache ich mir in der kleinen Küche einen ersten Lapsang Souchong Tee. Während ich ihn in vorsichtigen Schlucken, auf dem Bett sitzend, trinke, durchforste ich die verborgenen Tiefen der Schubladen von Nachttisch und Kommode. Hatte ich nicht recht mit meiner Aussage, dass Franziska schon etwas unkeusch sei? Wenn sie das alles nur für Adrian trüge, müsste es dem Armen recht schwindelig vor Augen werden. Übrigens sind die Kondome von derselben Marke, die Adrian auch mir in seinem Laden empfohlen hat.

Es schläft sich hervorragend in Franziskas Queen Size Bett. Gut tut's ebenso, von ihrem Tellerchen zu essen, aus ihrem Becherchen zu trinken. Gleichwohl ist meine Stimmung noch nicht so recht komplett; das fehlende Tüpfelchen, wo hat es sich versteckt? Erst heute Morgen, am fünften Tag meiner Inbesitznahme von Franziskas Wohnung, kommt endlich die ersehnte große Ruhe über mich. Reichlich faul rekele ich mich auf dem Sofa, höre ihre CDs und trage eines ihrer langen Nachthemden aus Omas Jungmädchenzeit mit aufwändiger Lochstickerei. Später beabsichtige ich, mich an die Korrektur der letzten Englischklausur zu machen. Wir haben sie knapp eine Woche vor den Ferien geschrieben, und Franziska hat noch nicht einmal damit begonnen. Ein wenig zu leger und pflichtvergessen, finde ich. Auch im Nachthemd zu sitzen und zu arbeiten, ist mir ein Tick zu „frivolous". Besser, ich ziehe eine ihrer weiten Hosen und eine etwas strenger geschnittene Bluse an. Ich tat gut daran, denn kaum habe ich mich fertig dezent geschminkt, als es an der Tür klingelt. Durch den Spion erkenne ich einen Jungen aus einer der sechsten Klassen in unserem Gymnasium. Was er wohl hier will? Schnell noch meine Perücke zurechtgebürstet, dann öffne ich.

„Was möchtest du denn? Weißt du nicht, dass wir Ferien haben?"

Er ist ganz verdattert, druckst verlegen herum, bis ich verstehe, dass er zur Nachhilfe gekommen ist. Franziska muss ihn vergessen haben. Natürlich kann ich ihn nicht einfach wegschicken, kümmere mich um ihn. Gleichzeitig benutze ich seine Anwesenheit zur Bewährungsprobe meiner neuen Identität. Wir arbeiten konzentriert eine ganze Doppelstunde, und während er mich immer mit „Frau Dr. Lehmann" anspricht, triumphiere ich innerlich. Ja, er hat recht, das bin ich mit Leib, Seele und Verstand. Mehr als zufrieden streiche ich mein Haar hinter das Ohr zurück, wie es Franziska bei Marco immer getan hat, und lasse den Kleinen seine Verben konjugieren. Sofort korrigiere ich, bin streng wie eine englische Nanny:

„I work – you work – he, she, it works! Hörst du? In der dritten Person Singular steht ein ‚s'! He, she, it - das ‚s' muss mit! Vergiss das niemals mehr! Sonst zählt es in der Oberstufe als einein-halb Fehler. Verstoß gegen die Regeln der Elemen-targrammatik, nennen wir Lehrerinnen das! Also noch einmal: he work ‚s' – she think ‚s' – it call ‚s'!"

Nach dem Unterricht tätschele ich seinen Arm, wie das Franziska sicherlich bei Marco gemacht hätte, und erlasse ihm das Nachhilfegeld.

„Hast du eine Freundin?"

Er wird rot bis an seine Ohren, duckt sich wie unter einem Peitschenhieb. Ich streiche ihm über seinen etwas zu dicken Kopf:

„Na, lass gut sein! Ich will ja gar nicht wissen, wer sie ist. Lade sie ins Kino ein und geht an-schließend ein Eis essen! Aber nicht zu viel knut-schen im Dunkeln! Und vergiss nicht das ‚s' bei der dritten Person Singular!"

Und noch einmal sticht mich der Hafer:

„Wie ist denn die Form bei dem Verb ‚to kiss'?"

Aber da ist er bereits auf und davon.

„I kiss but she kisses! Her? Me? Wen denn sonst!"

In der untersten Nachttischschublade hebe ich einen echten Schatz: Ihr geheimes Tagebuch. Damit liegt die innere Franziska weit geöffnet vor meinen neugierigen Augen. In Kürze werde ich wissen, wer sie in Wahrheit ist. Nachdem ich mir einen Earl Grey aufgebrüht habe, mache ich mich ans Schmökern.

Die ersten Seiten sind weniger interessant, decken einen Zeitraum ab, zu dem ich keinen Zugang habe, weil ich die dort genannten Personen und Ereignisse nicht kenne. Doch mit der Seite 91 wird es spannend: Franziskas erster Tag an ihrer neuen Schule. Offensichtlich hat sie sich akribisch darauf vorbereitet. Nicht allein, was sie anziehen und welches Parfum sie auflegen soll, sondern welche Verhaltensstrategie sie den Schülern gegenüber fahren wird. Ihre Begegnung mit mir kommentierte sie folgendermaßen:

„Eine Rebecca Schulze ist mir besonders aufgefallen. Sie hat nicht bloß ein ordinäres Gesicht, sondern auch so seltsam gierige Männeraugen, die mich nackt ausziehen wollen. Auf dieses Mädchen werde ich sorgsam achten müssen, denn in ihr steckt etwas Dämonisches. Noch tastet es nur vorsichtig, prüfend, doch bald, da bin ich sicher, wird es nach mir greifen, mich schamlos bespringen wollen. Prophylaktisch sollte ich ihr besser gleich eins auf die Finger geben!"

Nun, dieses Versprechen hat sie ja auch eingehalten. Noch jetzt ist mir meine gequetschte Hand in schmerzlicher Erinnerung. Franziskas Kommentar dazu freilich erheitert mich.

„Autsch! Hat das weh getan! Arme, arme Hand! Wollte sich doch tatsächlich so klammheimlich unter meinen Rock schieben! Kleine, geile Lesbe! Wenn sie nochmal versuchen sollte, ihre vorwitzige Nase zwischen meine Beine zu stecken, dann knipse ich sie ihr endgültig ab!"

Genau so hatte ich die Gefahr eingeschätzt, mich in meiner Angriffsoffensive leicht zurückfallen lassen. Doch jetzt kommt das eigentlich Interessante, Spannende. Franziska beginnt, über Marco zu plaudern. Gerade das schockiert mich nun wirklich. Hat dieser Mistkerl doch bei einer seiner obligatorischen Aufenthalte am Pult ihr ins Ohr geflüstert, dass er gerne einmal bei ihr zu Hause vorbeischauen und mit ihr Bio-Leistungskurs üben wolle! Impertinent! Aber was hat sie ihm wohl darauf geantwortet? Na? ,Vielleicht'!!! Und dann beschreibt sie sogar en gros et en detail, was sie ihm alles zeigen und beibringen würde! Empörend!!! Das rechtfertigt noch im Nachhinein, dass ich diese unheilige Allianz rechtzeitig verhindert und Freund Marco aus der Welt gestürzt habe. Kein einziges Wort der Rechtfertigung oder Entschuldigung zu dem arglosen Adrian. Unfassbar!!! Mit roter Tinte vermerke ich am Seitenrand dieses haarsträubenden Tagebucheintrags: ,Pfui, Franziska, solch ein Tun und Denken ist mehr als nur disgusting and frivolous! Es ist zutiefst unanständig!'

Franziskas Kleiderschrank ist tipptopp aufge-räumt wie ein Soldatenspind vor der morgendli-chen Inspektion: Kleider, Röcke, Hosen, Blusen, Jacken in tadelloser Farbformation. Hier geniere ich mich ein wenig, weil ich selbst eher zur Schlamperei neige. Solches Ordnungsverhalten muss ich noch lernen, wenn ich sie sein will. Heute aber ist erst einmal Modenschau angesagt. Alles und jedes wird aus- und anprobiert, vor dem gro-ßen Spiegel geprüft, für gut befunden oder ver-worfen. Am Abend bin ich danach viel zu müde, um den riesigen Stoffberg wieder abzutragen und korrekt auf seine Bügel zurückzuhängen. Ein Kleid ist allerdings im Schrank übrig geblieben, steckt in einer Schutzhülle aus Plastik. Dort belasse ich es, brauche es nicht zu probieren, denn Franziskas Sachen passen so perfekt, als wären sie eigens für mich geschneidert worden. So beschließe ich, die-ses besondere Kleid für Franziska bei ihrer Rück-kehr aus Marrakesch zu tragen. Bis dahin muss ich aber noch fleißig üben, in ihren hohen Hacken überhaupt laufen zu lernen. Bereits das Stehen in ihnen erweist sich als echte Herausforderung.

Übermorgen fängt die Schule wieder an. Heute ist Samstag, und Franziska wird bald eintreffen. Da sie gerne Sekt trinkt, stelle ich vorsichtshalber gleich zwei Flaschen „Fürst von Metternich" kalt.

Zwei Stunden später dreht sich ihr Schlüssel im Schloss.

Franziska steht vor mir, doch ihre Reaktion ist so völlig anders als ich es erwartet hatte. Ihre Augen weiten sich, als sähe sie einen Geist oder die Reinkarnation einer mir fremden Person. Dabei scheint sie mich tatsächlich nicht zu erkennen, was für meine gelungene Transmutation spricht. Stattdessen ist auf ihrem Gesicht ein derartiges Verlangen zu erkennen, das ich auch nicht ansatzweise zu deuten vermag. Wie in Trance streckt sie ihre Arme nach mir aus, nennt mich Katarina, obgleich sie doch wissen müsste, dass ich Rebecca heiße. Mit einer wilden, ungestümen Bewegung schlingt sie ihre Arme um mich, bedeckt mein Gesicht mit Küssen, zugleich rinnen ihr die Tränen über die erhitzten Wangen. Sie hält mich fest, klammert, wimmert wie ein kleines Kind und schluchzt immer aufs Neue den Namen Katarina. Schweigend stehe ich, lasse sie gewähren. Was sollte ich auch anderes tun? Sie muss mich verwechseln, mich für diese Katarina halten. Wer aber ist sie? Während ich noch überlege, stößt mich Franziska mit einer heftigen Bewegung von sich. Aus ihren Augen lodert nun eine Mischung aus Furcht und Hass:

„Du bist es, Rebecca, du Schlange! Was tust du hier? Warum hast du dich wie meine Schwester Katarina verkleidet? Willst du mich in den Wahnsinn treiben?"

Sie ist außer sich, schlägt auf mich ein, will mir die Perücke vom Kopf reißen. Nur mit großer Mühe wehre ich den Angriff ihrer Tigerkrallen auf mein Gesicht ab, währenddessen sie ihre Geschichte unter Schluchzen hinausschreit. Langsam begreife ich. Bei dieser Katarina handelt es sich um ihre verstorbene Zwillingsschwester, die wegen einer unerfüllt gebliebenen Liebe Selbstmord begangen hat. Franziska gibt sich die alleinige Schuld daran. Ihre Schwester Katarina liebte eine Frau, aber Franziska schaffte es aus falscher Scham, diese Liebe zu hintertreiben und die Beziehung zu zerstören. Und statt sich damit zufriedenzugeben, brach sie obendrein noch den Kontakt zu ihrer Schwester ab. Als sich Katarina dann aus Verzweiflung und tiefer Depression das Leben nahm, war es zu spät zu tätiger Reue. Die Schuld lastete so drückend schwer auf Franziska, dass diese gegen jegliche Vernunft tatsächlich glaubte, ihre Katarina würde irgendwann einmal zurückkommen und ihr verzeihen.

Offenbar glichen sich die Schwestern wie ein Ei dem anderen, und weil ich in Katarinas Kleid geschlüpft bin und ihr darin so unglaublich ähnlich sehen muss, vermeinte Franziska allen Ernstes, ihre tote Schwester sei wiederauferstanden. Weil sie sich damals die allergrößten Vorwürfe gemacht, immer unter unglaublichen Schuldgefühlen gelitten hatte, ließ sie sich nur allzu gerne von der Widerspiegelung des Zwillingsbildes täuschen und verführen. Erst nach langen Sekunden hat ihr Verstand wieder zu arbeiten begonnen und ihr das Unmögliche dieser Erscheinung signalisiert. Franziska will mich jetzt für diesen Trugschluss ihrer geheimen Sehnsüchte bestrafen. Ein um das andere Mal schreit es deshalb aus ihr heraus, will sein Schuldbewusstsein betäuben, auf dass es endlich und endgültig Ruhe gebe in der Unbarmherzigkeit seiner Erinnerungen.

Schlagartig wird mir klar, was ich damals, als Marco in die Tiefe gestürzt war, auf Franziskas Gesicht zwar lesen, aber eben nicht enträtseln konnte. Meine schlaue Einrede, dass man mir gar nichts anhaben, dafür aber Franziska ein Mitverschulden anlasten könne, hatte den ganzen unbewältigten Komplex von Schuld und Sühne in Bezug auf ihre Schwester Katarina aufflammen lassen. Bei Marcos Tod fühlte sich Franziska erneut zur Mittäterin verdammt. Um ihre Schuldgefühle zumindest teilweise auf mich abzuwälzen, wütet sie in einer Weise, dass ich fürchte, sie werde sogleich wahnsinnig. Wählte ich doch ausgerechnet jenes Kleid für unser erstes Rendezvous in Franziskas Wohnung aus, welches Katarina bei ihrem Todessprung getragen hatte. Franziska hat es reinigen lassen und verehrt es seitdem wie eine kostbare Reliquie. Zu allem Unglück aber trage ich auch noch …

In schierer Raserei, mit den Armen die Luft gleichsam verprügelnd, schreit sie mich an:

„Zieh sofort dieses Kleid aus! Sofort, aber sofort! Es gehört ihr, meiner armen Schwester Katarina! Allein für sie habe ich es aufgehoben! Zieh es aus! Auf der Stelle! Zieh es sofort aus, sage ich!"

Franziska hat Schaum vor dem Mund; sie ist krank vor Gram. Man darf kranken Menschen nichts abschlagen, was ihrer Genesung im Wege stehen könnte. Also öffne ich den Reißverschluss im Rücken und ziehe das Kleid über den Kopf. Franziska kollabiert förmlich. Ihre Augen sind wie bei einem Stromschlag aus den Höhlen getreten, ihre Hand beschreibt sinnlose Kreise.

„Da, die, da, die, die Wäsche! Sie hat sich sogar an Katarinas Wäsche vergriffen! Ausgerechnet dieses lesbische Weib trägt den BH, den ich von ihrer zerschmetterten Brust genommen habe! Ahhhhhhhh! Aahhhhh! Aaahhhh! Aaaahhh! Ah! h!" …

Sehr zu meinem Leidwesen musste ich Franziska unter dem Namen Katarina Lehmann in eine geschlossene Anstalt einweisen lassen. Unablässig schreit sie ihn dort.

Für mich, Frau Dr. Franziska Lehmann, ist dagegen heute mein erster Schultag nach den Herbstferien. Im Lehrerzimmer werde ich freundlich nach meinem Urlaub in Marrakesch gefragt. Da ich innerlich doch noch ziemlich aufgeregt bin, bleibe ich zurückhaltend, antworte eher einsilbig und springe sogleich beim ersten Stundengong auf. Wie gewohnt, betrete ich grußlos den Klassenraum zu meinem Englischkurs und platziere die korrigierten Klausuren säuberlich auf meinem Pult. Kein Laut ist zu vernehmen. Ich fühle genau eben jene Spannung, die sich immer bei einer Rückgabe der Arbeiten in den Schülerherzen aufbaut. Mein Outfit ist dem Ernst der Situation angemessen: Weite, dunkle Hosen, passende Ballerinas, eine mokkafarbene Seidenbluse, eine schmale Goldkette mit Kreuz, dezentes Make-up. Dann, nach einem kurzen „Nun denn!" gehe ich von Bank zu Bank und verteile die Hefte. Bei guten Arbeiten gibt es ein aufmunterndes Kopfnicken, bei schlechten bleibt mein Blick kalt und mitleidlos. Als ich an Rebecca Schulzes Platz komme, frage ich nicht, wo sie sein könnte, sondern knalle ihre total versiebte Klausur kommentarlos auf den Tisch.

Wieder zurück in meiner Wohnung nach einem anstrengenden Schultag, entscheide ich mich, statt mir einen grünen Gunpowder aufzubrühen, doch eher den Rest aus der zweiten Flasche „Fürst von Metternich" zu genießen. Während ich bei Kerzenlicht rauchend entspanne, entzückt das prickelnde Getränk meinen Gaumen und meine Sinne gleichermaßen. Spontan beschließe ich, meinen Freund Adrian anzurufen, um mit ihm die Nacht zu verbringen. Zwar dürfte diese ein wenig frivolous, jedoch keinesfalls disgusting werden. Mit Bedacht öffne ich deshalb die diversen Schubladen und bereite mich vor. …

Katarinas Kleid hatte ich, mit der schützenden Plastikumhüllung versehen, zurück in den Schrank gehängt. Als ich ein anderes für Adrian herausnehme, streiche ich es gedankenverloren noch einmal sorgfältig glatt, denn schließlich soll es ordentlich aufbewahrt bleiben, bis meine Zwillingsschwester wieder zu mir zurückkommt, um es für mich zu tragen.

NASENBLUTEN

Nachdem sich der Gefängnispsychologe kurz vorgestellt, etwas umständlich Platz genommen und seine Unterlagen auf dem kahlen Tisch ausgebreitet hat, schaut er noch nicht auf. Seine Augen gehen wieder und wieder über die Papiere, als müsste er aus ihnen intellektuelle Kraft schöpfen für das Bevorstehende. Seine Hände sind lang, schmal und sehr gepflegt, die Fingernägel geradezu perfekt maniküt. Er lässt sich Zeit, blättert angelegentlich, ordnet neu. Dann erst beginnt er:

„Helene, die Anstaltsleitung hat mich beauftragt, mit ihnen ein persönliches Gespräch zu führen. Ihre Sache erscheint allen Beteiligten als äußerst ernst und reichlich vertrackt. Es wäre gewiss wünschenswert, mehr Licht in die ganze leidige Angelegenheit zu bringen. Insbesondere würde dies der Wahrheitsfindung zugutekommen. Aber, Helene, sie müssen auch kooperieren! Dabei dürfen sie gerne meine fachliche Hilfe in Anspruch nehmen."

Die junge Frau, die ihm gegenübersitzt, wirkt noch recht kindlich; schüchtern nickt sie.

„Aus den Unterlagen ihrer Verteidigerin geht hervor, dass es sich bei ihnen um eine Art von langjähriger Verdrängung nach einer angeblichen Vergewaltigung handeln soll, die erst acht Jahre danach zu dieser Bluttat an ihrem Herrn Vater geführt hat. Nun ist eine Rechtsanwältin mit Laienkenntnissen sicherlich keine ernsthafte Psychologin. Nach meinem Dafürhalten klingt deshalb nicht einmal die Motivlage plausibel, wobei mir partout nicht einleuchten will, wie eine mögliche Traumatisierung von einem Kind so lange unterdrückt worden sein könnte, ehe sie sich in dieser eruptiven Form von blutiger Gewalt entladen musste."

Helene zuckt mit den Schultern, als wüsste sie selbst keine Antwort darauf. Der Psychiater überfliegt noch einmal seine Unterlagen, schüttelt mehrmals heftig den Kopf und korrigiert:

„Jugendliche Delinquenten neigen im Allgemeinen dazu, ihre Situation völlig zu verkennen. Insbesondere findet man dies bei Schuldzuweisungen an Personengruppen, zu denen eine hochemotionale Nähe besteht. Intensive, hormonell gesteuerte Bindungen an den geliebten Vater bei Mädchen, starke ödipale Gefühle für die sexuell begehrte Mutter bei den Söhnen. In der Entwicklungspsychologie kennen wir seit Langem diese interpersonellen Phänomene; diese sind hervorragend beschrieben und empirisch unterlegt. Bei dem gescheiterten Versuch ihrer Identifizierung mit dem geliebten Menschen kommen diese zurückgewiesenen Personen als Patienten zu uns, speziell, wenn dies bei ihnen zu affektuösen

Zwangshandlungen geführt hat. Fast ausnahmslos erklären sie dann, dass sie sich nach vorangegangenen sexuellen Übergriffen hätten abreagieren müssen. Eine Form von kognitiver Verleugnung, der individuellen Ausblendung von Realitäten oder gar dem beliebigen Austausch von Akteuren. Trifft das auf ihren Fall zu, Helene?"

Die so Angesprochene scheint gar nicht zugehört zu haben, würde auch nichts von dem Fachchinesisch des Gefängnispsychologen verstanden haben, nickt aber brav. Mit einer fahrigen Geste wischt sie über das kalte Metall der Tischplatte und lächelt gequält, während ihr Gegenüber ungerührt fortfährt zu kontemplieren:

„Hhmm. Da sich das Verbrechen an dem Sonntag vor Ostern, einem der heiligsten Tage der Christenheit, ereignet hat, wäre es durchaus denkbar, dass zudem religiöse Elemente einer Transsubstantiation eine Rolle gespielt haben könnten. Eine symbolische Wandlung in das Fleisch und das Blut des Herrn, wie man es aus der Eucharistie kennt, Helene? Aber lassen wir das, es würde zu weit in die Welt des Transzendentalen führen!"

Wenngleich an wenig redselige Patienten gewöhnt, scheint der Psychologe dennoch etwas ratlos zu sein, denn er setzt nun seine Befragung auf einer ungleich niedrigeren Abstraktionsstufe fort:

„Könnte es sein, dass sie schon des längeren vorhatten, ihren Herrn Vater zu töten? Hat damals eine Vergewaltigung realiter stattgefunden oder haben sie sich diese nur sehr konkret vorgestellt? Wenn es bei ihnen aber nur Wunschdenken gewesen war ohne jeden Bezug zur Wirklichkeit, wollten sie sich dann bei ihrem Herrn Vater für die Verschmähung als Frau rächen?"

Der Psychologie vermeint, bei Helene eine verräterische Regung verspürt zu haben und insistiert:

„Wie ist ihre erotische Welt gestaltet, Helene? Erinnern sie sich an irgendwelche Vorkommnisse, die vielleicht in einem früheren Leben für sie eine Rolle spielten? Hatten sie gar ein sogenanntes Déjà-vu Erlebnis? Eine Transmigration aus einer anderen und durch eine andere Zeit? Haben sie sexuelle Träume? Gerne auch am hellen Tage? Mögen sie es, wenn man ihnen dabei wehtut? Genießen sie es gar? Wollen sie dem anderen dann auch einmal Schmerzen zufügen? Haben sie in ihrer Phantasie gemordet und wollten es wiederholen? Wollten sie ihren Vater erst verführen und danach töten? Immerhin hatten sie ja schon mindestens einmal Sex, wie aus dem Untersuchungsbericht der Gynäkologin hervorgeht. Wenn ich ihnen also helfen soll, Helene, müssen sie mir schon die Wahrheit sagen!"

Mit stockender Stimme beginnt sie zu berichten:

„Eines Morgens kommt mein Vater in mein Zimmer. Ich werde wach, als er sich zu mir ins Bett legt. Mit seinem Knie schiebt er meine Beine auseinander. Auf seiner Stirn haben sich Schweißperlen gebildet, als befände er sich vor einer großen Anstrengung. Sein Mund steht weit offen, und ich kann riechen, dass er seine Zähne noch nicht geputzt hat. Ich will unter ihm weg, bitte ihn, mich zu lassen. Doch als Antwort schlägt er mir heftig ins Gesicht, sodass meine Nase zu bluten beginnt. Ich solle bloß stillhalten, sonst schlage er mich tot ..."

Mit einer unwirschen Bemerkung unterbricht sie der Psychologe:

„Ja, ja, schon gut. Das wissen wir bereits. Geht auch alles aus den mir zur Verfügung gestellten Unterlagen hervor. Doch ungleich wichtiger ist für mich Ihre Antwort auf folgende Frage: Warum haben sie ihren Herrn Vater nicht sofort danach getötet, sondern acht Jahre damit gewartet?"

„Ich wollte und konnte es damals nicht. Schließlich war er ja mein Vater. Doch dann ..."

Als Fazit seines Abschlussberichts vermerkt der Gefängnispsychologe:

„Sie ist unbelehrbar, aber im klinisch-neurologischen Sinne voll zurechnungsfähig!"

...

Der Gerichtssaal ist bis auf den letzten Platz gefüllt. Man könnte meinen, fast ein ganzes Dorf wäre aus der Provinz an das Landgericht in der Großstadt gereist. Alle Zuschauer im Saal sind gute, gläubige Protestanten, die die Mörderin ihres toten Pfarrers sehen und deren Verurteilung erleben wollen. Der Getötete war immerhin lange Jahre ihr aller Seelenhirte gewesen, hatte stets ein offenes Ohr für ihre kleinen und großen Sorgen des Alltags gehabt. Keiner von ihnen hätte auch nur das erste Mal etwas Schlechtes, Negatives über den beliebten Pfarrer sagen können. Nunmehr aber weilte er mit seinem weisen Rat nicht mehr unter ihnen, weil ausgerechnet seine eigene Tochter ihren frommen Vater getötet hat. Doch nicht nur einfach ermordet! Nein! Hingerichtet hat sie ihn! Hinterrücks mit einem Beil den Schädel gespalten, während er auf seinem Weg zur Toilette war. Geschehen an einem hellen Sonntagmorgen und unmittelbar vor der heiligen Messe!

Schon waren die Gläubigen in der Kirche versammelt, warteten auf ihren Pastor. Da war Helene wie eine Furie in den durchbeteten Raum gestürmt und hatte geschrien, dass sie ihren Vater umgebracht habe. Weil er ihre kleine Schwester Elsie habe vergewaltigen wollen, genau wie er sie – angeblich! – Jahre zuvor ebenfalls an jenem furchtbaren Sonntagmorgen geschändet habe. Es sei am Palmsonntag vor Ostern gewesen, als er ihr Leben und ihren Glauben gleichermaßen zerstört habe.

Bei der späteren polizeilichen Befragung, ob die Gemeindemitglieder an jenem besagten Tag denn nichts Auffälliges an ihrem Pfarrer bemerkt hätten, gibt es ein klares, eindeutiges Ergebnis: Nein! Zudem vermeinte die überwiegende Mehrzahl der damaligen Kirchgänger und jetzt als Zuschauer im Gerichtsaal Anwesenden, sich noch genau erinnern zu können. Ihr Pastor sei in großer Ruhe unter sie getreten, habe voll Engagement gepredigt und in der nachfolgenden Andacht viel inneren Frieden ausgestrahlt. So etwa seien seine Worte gewesen:

„Liebe Gemeinde! Ostern, das Fest der Freude und Versöhnung, naht und mit ihm die Vergebung der Sünden! Während der Fastenzeit haben wir unseren Geist wie auch unsere Körper gereinigt und von allem Ballast befreit. Andächtig, aber auch zufrieden harren wir nun der Ankunft unseres Herrn. Lasset uns darob aus leichtem Herzen singen und ihn für seine Güte lobpreisen. Ihn, der aus tiefer Gnade von uns alle Sünden unseres Fleisches genommen und auf sich geladen hat."

Nein, ihr Pfarrer sei völlig gefasst und in sich ruhend gewesen. Redete so ein Priester, der kurz vorher seine minderjährige Tochter in ihrem Kinderbett vergewaltigt hat? Wohl kaum! Welch infame Unterstellung! Deshalb glaube man seiner gottlosen Tochter auch nicht. In dieser Überzeugung sind sich alle einig: die versammelten Gemeindemitglieder als Zuschauer genauso wie der Anwalt der staatlichen Anklage. Helenes Pflichtverteidigerin sieht sich mit einer wahren Herkulesaufgabe konfrontiert. Nicht allein, dass sie die Strafkammer von der Unschuld ihrer Mandantin überzeugen muss, ihr steht auch die geschlossen agierende, massive Phalanx der Gläubigen feindselig gegenüber. Entsprechend wird gallig gelacht und heftig gebuht, als die Verteidigerin ausführt, dass die Tat ihrer Mandantin ausschließlich ein Akt der Notwehr gewesen sei. Ein wahrer Tumult bricht aus im Verhandlungssaal, und auch das Gericht zeigt sich reichlich konsterniert. Strafrechtlich gesehen, eine schier unglaubliche Behauptung der Verteidigung! Den Staatsanwalt reißt es förmlich von seinem Platz, an die Verteidigerin gewendet, zitiert er: „Wer eine Tat begeht, die durch Notwehr geboten ist, handelt nicht rechtswidrig. Notwehr ist die Verteidigung, die erforderlich ist, um einen gegenwärtigen rechtswidrigen Angriff von sich oder einem anderen abzuwenden." Danach erläutert er, weniger an die Verteidigung als vielmehr an das empörte Publikum gerichtet:

„Wir brauchen an dieser Stelle keine Rechtsexegese vorzunehmen, weil die legislative Gewalt hier ganz eindeutig eine zeitliche Grenze gezogen hat. Der Gesetzgeber verwendet dabei den Begriff ‚gegenwärtig'. Gegenwärtig aber umgreift keineswegs ein Zeitkontinuum von 8 Jahren, sondern bindet die Tat an die Jetztzeit. Ein Plädieren auf

Notwehr infolge einer vorangegangenen Vergewaltigung, die so lange zurückliegt, kann und darf es nicht geben! Eine solche Annahme würde das gesamte Rechtsdenken auf den Kopf stellen, abgesehen davon, dass diese Vergewaltigung nicht im Mindesten bewiesen ist. Die Frau Kollegin von der Verteidigung möge diese gesetzliche Festlegung bitte beachten. Im Übrigen ersuche ich das Hohe Gericht, die Frau Verteidigerin zu rügen, denn wir befinden uns nicht in einem Proseminar der juristischen Fakultät, in welchem Spekulationen noch erlaubt sind, sondern in einer öffentlichen Verhandlung über eine maximale Straftat."

Auf das Publikum verfehlen die Ausführungen des Staatsanwaltes keineswegs ihre Wirkung. Was die Verteidigung der angeklagten Tochter vorträgt, kann in dieser Form nie und nimmer zutreffen: Das angebliche Vergewaltigungsopfer wehrt sich gegen den Täter, indem es ihn 8 Jahre später brutal erschlägt!? Diese Helene handelte irre, hatte herz- und ehrlos gewütet, darf deshalb weder vor dem irdischen Gericht noch dem himmlischen Gnade oder Erbarmen finden! Vatermörderin! Verleumderin! Satansweib! Für diese Tat verdiente sie es, konsequent abgeurteilt und für immer weggesperrt zu werden. Aus der heiligen Kirche gehörte diese Helene unverzüglich und unwiderruflich ausgestoßen und exkommuniziert zu werden! Mithin gilt der Beifall der Menge dem mutigen Staatsanwalt, der deutliche Worte findet, es unter keinen Umständen zulassen dürfte, dass hier das geltende Recht gebeugt und verbogen wird, bloß um eine blutige Mordtat nachträglich zu rechtfertigen. Ganz zu schweigen von dem himmlischen Gesetz, welches es qua seiner Gebote untersagt, dass einer den anderen töte. ,Auch sollst du Vater und Mutter ehren, auf dass es dir wohlergehe und du lange lebst auf Erden'! Eine derart schandbare Verletzung der allgemeingültigen Grundwerte; das kann und darf sich eine gottesfürchtige Gemeinde nicht gefallen lassen! Handelte es sich doch gar noch um einen Mann der Kirche, der so heimtückisch gemeuchelt worden ward!

Helenes Verteidigerin lässt sich weder von der Zurechtweisung seitens des Gerichts noch von der allgemein feindseligen Stimmung im Sitzungssaal aus der Fassung bringen, repliziert kühl auf die anmaßenden Vorhaltungen des Staatsanwaltes:

„Der § 32 StGB ist mir in seinem Wortlaut durchaus bekannt, Herr Kollege Staatsanwalt. Deshalb benötige ich auch keine Belehrung von ihnen, auch wenn das Hohe Gericht ihrem Antrag dieses Mal gefolgt ist. Sie, verehrter Herr Kollege, stehen hier ebenfalls auf keiner Schauspielbühne, um den Applaus eines geneigten Publikums einzuheimsen. Ich bitte deshalb das Hohe Gericht, den Herrn Staatsanwalt gleichermaßen um Mäßigung zu ersuchen."

Auch das Gericht hält die Belehrungen des Staatsanwalts in ihrer doch recht ironisch-polemischen Diktion für übertrieben und mahnt mehr Sachlichkeit an. Die Zuschauer im Saal sind darüber derart empört, dass der Vorsitzende Richter mehrfach energisch zur Ruhe aufrufen muss. Die Verteidigerin fährt fort:

„Der Vater hat seine Tochter nicht bloß vergewaltigt und ihr schweren körperlichen Schaden zugefügt, sondern damit auch ihre Seele grundsätzlich verletzt. Acht Jahre sind eine lange Leidenszeit, und hier heilt die Zeit keineswegs alle Wunden, wie uns der unsensible Volksmund glauben machen will. Man denkt sich dabei die Tragweite eines solchen Eingriffs in die Persönlichkeitsrechte als zu kurz, zu einfach und zu überschaubar: Meine Mandantin hätte demnach alles längst wieder vergessen haben, es wie eine glücklich überstandene Krankheit wegstecken müssen, dann würde der Vater noch am Leben sein und alles wäre in bester Ordnung. Solch eine, von der ignoranten Mitwelt frei Haus gelieferte, einseitig entschuldigende Denkschablone lieben diese Vergewaltiger. Nur nicht zu viel Aufhebens um eine derartige Lappalie machen! Generell ist doch das Opfer zumindest mitschuldig. Hat vermutlich lolitahaft gelockt, war zu unkeusch gewandet und hat dabei zu viel nackte Haut gezeigt. Oder war das kleine Mädchen, wie in unserem Fall, von Natur aus schon sündig und so verderbt, dass sein fürsorglicher Vater gar nicht anders konnte, als es zu bestrafen? Hat er als frommer Mann etwa Sünde mit Sünde bekämpft, den Teufel mit dem Beelzebub ausgetrieben? Auge um Auge, Zahn um Zahn, wie es im Alten Testament heißt? War das gottlos oder gottgewollt? Ich kann es nicht sagen. Aber was ich weiß, ist, dass es glaubensmäßig völlig überholt wäre, denn es gibt daneben auch ein Neues Testament mit abweichenden Verhaltensregeln."

Großer Unmut im Publikum über die frechen Ausführungen der Verteidigung. Was bildete sich diese Anwältin ein, derart schnoddrig über Glaubensfragen herzuziehen? Zischende Missbilligung ist noch das Mindeste, was man hierzu äußern kann. Prompt will der Staatsanwalt intervenieren, wird aber mit scharfen Blicken vom Vorsitzenden Richter davon abgehalten. Dieser fürchtet zu Recht, dass hier ein religiös-emotional aufgeladenes Pulverfass nur auf die zündende Lunte wartet, um explodieren zu können. Widerwillig zwar versteht der Staatsanwalt den stummen Hinweis, hier nicht einzuhaken, und nickt dem Richter zu. Er weiß, dass er mit seinem Schweigen bei dem Vorsitzenden wichtige Pluspunkte sammelt. Ungerührt von der stillen Kommunikation und dem festzementierten Meinungsblock im Saal, fährt die Verteidigerin fort:

„Und es ist absolut gleichgültig, ob wenig oder viel Zeit seit der Vergewaltigung vergangen ist. Es handelt sich definitiv um Notwehr! Es wäre verfehlt zu sagen, dass die Tochter, die sich damals nicht gewehrt hat, weil sie es nicht vermochte, es hernach nicht mehr durfte. Wenn überhaupt, dann hätte sie es sofort tun müssen, nicht wahr? Immerhin war sie damals bereits stolze 10 Jahre alt, und da weiß man doch schon sehr genau, wie man sich zu verhalten hat, wenn der eigene Vater auf einem liegt! Diese Implikation des Herrn Staatsanwalts ist blanker Hohn! Ginge es nach ihm, dann hätte meine Mandantin ihren Vater sofort töten müssen! 8 Jahre danach sei es zu spät dazu, selbst wenn die Leidenszeit unverändert anhält. Und eine weitere Variante in der Schuldzuweisung an die Tochter schwingt unausgesprochen mit: Konnte sich der Vater überhaupt noch an seinen Übergriff zurückerinnern? Verdrängung? Überforderung? Gedächtnisschwäche? Viele Männer wissen bereits am nächsten Tag nicht mehr, mit wem sie die letzte Nacht verbracht haben."

Neuerlich wird die Verteidigerin ob ihrer zynischen Aperçus gerügt, zu mehr Rechtsbezogenheit angehalten. Doch weiterhin standhaft und kämpferisch richtet sie ihre Blicke auf den Staatsanwalt, dann zum Gericht und zum Schluss gegen die geifernde Meute im Saal:

„Kann sich ein kleines Mädchen gegen einen erwachsenen Mann wehren? – Nein! - Kann sie ihre Verletzungen vergessen? – Nein! - Soll sie vielleicht Abbitte leisten, reuige Buße tun, weil sie den juristisch korrekten Zeitpunkt der Gegenwehr überschritten hat? – Nein! – Denn sie handelt nach wie vor in Notwehr, weil ihre Vergewaltigung keineswegs abgeschlossen ist, sondern noch acht lange Jahre fortbesteht. Für den vergewaltigenden Vater war alles mit seiner sexuellen Befriedigung beendet, für seine Tochter dauert die Tortur fort. Und solange eine Vergewaltigung anhält, ist jede Gegenmaßnahme dazu definitiv ein Akt der Notwehr im Sinne des Paragraphen 32 StGB!"

... Helenes Gedanken auf der Anklagebank gehen zurück. Während ihrer Kindheit war er nie freundlich zu ihr gewesen. Allein in der Öffentlichkeit spielte er den liebenden Vater. In Wirklichkeit aber war er streng und überhart in seinem Wesen, das krasse Gegenteil eines gütigen Gottesmannes. Nur vor ihrer Vergewaltigung, so erinnert sie sich, war er eine ganze Zeit lang fast liebenswürdig und nett zu ihr gewesen. Hatte sich nicht, wie es sonst seine Art war, in barschem Befehlston nach den schulischen Leistungen erkundigt, stattdessen scheinbar interessiert ihre Hefte durchgesehen und sie für ihren Fleiß sogar gelobt. Dabei hatte er mit seinem Stuhl dicht bei ihr gesessen, dann seine Hand auf ihren Schenkel gelegt und spielerisch ihren Rock hochgeschoben. Manchmal hatte er irgendeinen imaginären Fleck auf ihrem T-Shirt wegwischen wollen, zufällig direkt auf ihrer Brust. Sie hatte ja noch nicht viel, aber seine Hand war dennoch unter ihr Shirt gewandert und hatte ihre kleine Brust gestreichelt, bis es wehgetan hatte. Als er sich dann jeden Tag ihre Hefte zeigen ließ, waren seine Hände immer fordernder geworden, hatten schrittweise immer mehr versucht, aber auf ihr flehentliches Bitten dann doch von ihr abgelassen. Drei Tage später, an jenem Palmsonntag, war er in ihr Bett geschlüpft. Das alles, was er danach mit ihr angestellt hatte, hätte sie unter Umständen vergessen, möglicherweise auch verzeihen können, wären da nicht diese Schläge in ihr Gesicht und auf die Nase gewesen. Nachdem ihr Vater seine Lust befriedigt hatte, war er erst in die Dusche verschwunden und hinterher in seine Kirche gegangen. Sie aber hatte nirgendwohin entfliehen können, und vor allem das Nasenbluten war bei ihr geblieben. Gleichgültig, ob in kurzen oder langen Abständen, es kam wieder und wieder. Trat so oft auf, dass ihr dieses warme, feuchte Gefühl zwangsläufig immer vertrauter werden musste. So schrecklich vertraut! Niemals mehr ließ es sie los. Diese ständige Angst, dass es erneut beginnen könnte, wie stark es sein und wie lange es andauern würde! Jedes Mal, wenn sie nur daran dachte, klumpte etwas in ihrer Nase, pochte und zerrte bis in die Stirnhöhle hinein. Und dann stellte sich regelmäßig auch das Bluten ein, als ob die bloße

Vorstellung bereits ihren rostig schmeckenden Vorboten ausgesandt hätte.

Taschentücher aus Stoff oder Papier, Küchenrollen, Hand-, Tisch-, selbst Staubtücher, Klopapier. Was nur in Reichweite war, musste herhalten, wurde mit nach hinten gebeugtem Kopf ergriffen und an die Nase gepresst, um zu bremsen, was da atemlos herausgestürzt kam. Alles, um Helene zu ängstigen, sie in quälenden Stunden an das zu erinnern, was längst hätte vergessen sein müssen. ...

Im Gerichtssaal hält der Staatsanwalt der Verteidigerin entgegen, dass ihr Plädieren auf verlängerte Notwehr geradezu absurd sei. Wie könnte, selbst wenn man den zeitlichen Abstand zwischen der angeblichen Vergewaltigung und der erfolgten Bluttat gar nicht in Erwägung zöge, eine Verteidigung in Notwehr aussehen und als solche zu werten sein, wenn der Vater von seiner Tochter hinterrücks mit einem Beil erschlagen wird? Arglistig und heimtückisch abgeschlachtet? Sah so Notwehr aus? Deckte das geltende Recht derart groteske Szenarien ab? Dieses Mädchen Helene sei selbstverständlich eine Mörderin und der als Vergewaltigungstäter diffamierte Vater das wahre Opfer. Nun, da er tot sei, könne er sich ja nicht mehr verteidigen, habe es sogar hinnehmen müssen, dass ihn die Tochter auch noch in seiner eigenen Kirche vor der versammelten Gemeinde verleumdet habe. Nein, die Tat sei Lichtjahre entfernt von jeglicher

Notwehr! Die Tochter habe ein verabscheuungs-
würdiges Verbrechen begangen und verhöhne
nachträglich mit ihrer Lügenmär den unschuldigen Vater!

… Manchmal dauerte eine Nasenblutattacke
nur Minuten. Meist aber schien es Helene, dass
Stunden oder ganze Tage vergingen, wenn es einfach nicht mehr aufhören wollte zu fließen. Und
wie es bluten konnte! Vom flüchtigsten Gerinnsel,
das kaum die Oberlippe rötete, bis zum Sturzbach,
der so rasch und brutal das ganze Kleid ver-
schmutzte, sodass man, blind vor Angst, so rasch
nichts Rechtes mehr packen konnte, um sein Toben
und Tosen in ein rettendes Tuch zu leiten. Keineswegs, um dieses Wüten zu besänftigen. Daran
brauchte Helene in solchen Momenten gar nicht zu
denken. Schlimmer noch, wenn sich alsdann dieses
fürchterliche Gefühl einstellte, durch die Nase ver-
bluten zu müssen …

Helenes Verteidigerin weiß, dass ihre Argu-
mentation auf äußerst dünnem Eis steht. Zudem
ist deutlich zu spüren, dass die aufgeheizte Meinung im Saal kollektiv gegen das angeklagte Mädchen anbrandet. Eine loyale Kirchengemeinde verzeiht keinen Mord am eigenen Vater! Allein er hat
das Recht zu töten, seine Nachkommen auf dem
Altar der Reinigung zu opfern. Anders ist die wil-
lige, weil gottgefällige Opferbereitschaft eines geliebten Sohnes durch den Vater in den heiligen

Schriften nicht zu verstehen. In Helenes Fall dagegen handelt es sich gar nur um eine Tochter! Traditionsgemäß besaßen und besitzen Mädchen und Frauen keinen nennenswerten sozialen Stellenwert. Sie haben zu gehorchen und zu dulden. Da gibt es auch wenig Verständnis für etwaige Gegenwehr. Die Schwesternschaft der Frauen verflüchtigt sich in dunstige Illusion. Gerade die weiblichen Zuschauer im Gerichtssaal sind durch nichts und niemanden in ihrem unerschütterlichen Credo umzustimmen: Ihr Pastor kann es nicht gewesen sein, und seine Mörderin ist demzufolge mit aller verfügbaren Härte zur Verantwortung zu ziehen!

… Während der vergangenen 8 Jahre hat Helene gelernt, mit den meisten Anfällen zu leben, sie recht gut zu kontrollieren. Ist jetzt in der Lage, die allerwinzigsten Anzeichen rechtzeitig zu deuten und entsprechende Vorkehrungen zu treffen. Kam dann das Blut, blieb sie meist relativ gelassen. Ja, mitunter genoss sie es sogar, lag dann entspannt zurückgelehnt und lauschte in ihre Nase hinein, spürte dem geheimnisvollen Pochen nach und hörte ihr Blut leise sprudeln. Langsam wurde es gar ein fester Bestandteil ihres libidinösen Verlangens. Auch roch ihr Blut ganz unterschiedlich. Nach bitteren Mandeln, wenn es frisch war, nach metallenen Nägeln, wenn es auf ihren Lippen getrocknet war. Dort verblieben Geruch und Geschmack meist länger und intensiver als ein aufgetragener Lippenstift …

Erschwerend für Helene kommt hinzu, dass sie sich nicht mehr so recht an den Tathergang erinnern kann. Der Staatsanwalt hält ihr vor, dass sie bewusst verschweige, was auch immer sich an diesem Sonntagmorgen vor Ostern ereignet hat. Vorsätzlich und gezielt lüge sie in allen Belangen, wenn sie nach den Details befragt werde. Sie stelle sich unwissend, ob der Schwere ihrer Tat, als wollte sie damit suggerieren, sie hätte eigentlich nichts Schändliches begangen. Er benötige, so der Staatsanwalt, keinen weiteren Gutachter, um zu verstehen, was im Kopf der Angeklagten vorgehe. Ja, er werfe ihr vor, dass sie sich gezielt dumm stelle, um den Eindruck des damals ahnungslosen Kindes vor Gericht zu verstärken. Damit erhoffe sie sich mildernde Umstände, doch diese Strategie, darin sei er sich gewiss, werde er mit Beweisen und Indizien offenlegen und die wahre Motivlage schonungslos aufdecken.

Während er seine Vorhaltungen weiter ausführt, versucht er dabei mit allen rhetorischen Mitteln, das Gericht von der Bösartigkeit und Böswilligkeit der Angeklagten zu überzeugen. Helene macht es dem Staatsanwalt aber auch zu leicht. Sie scheint keineswegs kooperativ zu sein. Mit einem Ausdruck im Gesicht, der durchaus als hämisch gedeutet werden könnte, blickt sie anscheinend gelangweilt am Staatsanwalt vorbei, sitzt reglos wie unbeteiligt, als ginge sie das alles nichts an, als handelte es sich hier um einen ihr fremden Prozessverlauf. Die Zuhörer im Saal braucht das Plädoyer nicht mehr zu überzeugen; wie die Krieger in der Terrakotta-Armee stehen sie geschlossen auf der Seite des Rechts. Worauf sie hoffen und wonach sie gieren, ist Vergeltung in Form einer maximalen Verurteilung.

Helenes Gedanken laufen im Kreis. Kaum mehr erinnert sie sich detailliert an das, was der Staatsanwalt wissen will. Mit seinem Vorwurf der Lüge oder des böswilligen Verschweigens irrt er gewaltig, denn da liegen allzu viele schwarze Flecken auf ihrem Gedächtnis. Was Helene wirklich dauerhaft bewegt, das sind ihre handfesten Auseinandersetzungen mit den Folgeproblemen. Dazu zählen die Vergangenheit der letzten 8 Jahre und ihr eigener, sehr persönlicher Umgang mit dem Blut aus ihrer Nase.

… Richtig malen konnte man mit diesem Stoff. Seinen Zeigefinger darin eintauchen und dicke, kupferne Tupfer setzen, oder mit beiden Händen großflächig und großzügig klecksen. Man konnte auch mit einer feinen Nadel durchsichtige, filigrane Figuren zeichnen und zusehen, wie die Strichführung allmählich ins Schwärzliche überging, sobald das Blut geronnen war. Mit dem fettgetränkten Papier ihres Schulbrotes ließen sich wahre

Kunstwerke erstellen. Wenn sie die aufgefangenen Blutstropfen in seitenverkehrte Hälften faltete, erschienen die seltsamsten Wesen: krabbelnde Marienkäfer mit Riesenaugen, drachenschwänzige Fledermäuse oder schamlos grinsende Menschenfratzen mit gespaltenen Schlangenzungen.

Wenn es ihr besonders gut ging, jonglierte sie sogar mit ihrem Blut. Durch Zusammenziehen ihrer Nasenflügel bremste sie seinen Lauf, indem sie den Flusskanal verengte. Oder sie verhielt sich wie ein witterndes Tier, wölbte die Nasenflügel nach außen, blähte diese, so weit sie nur konnte, gebot so dem Blut, sich wie ein Vorhang rieselnd zu verteilen. Mitunter ließ sie es fast bis an ihre Nasenlöcher gelangen, zog es dann schniefend wieder nach oben, hielt es dort mit ihrem Atem fest, solange es irgend ging, gab es dann ruckartig frei, um es sogleich, da es nun rascher floss, wieder schnaubend hochzuziehen. Indem sie dies mehrere Male und immer schneller betrieb, wurde ihr schwindelig im Kopf. Ihr Gehirn war dann wie in dicke Watte gehüllt, und sie wollte diese unschuldige Watte gewaltsam mit Blut tränken und ertränken. Wie von Sinnen verlangte sie danach, ihr kindliches Wesen in die warme Flut des Blutes eintauchen zu lassen ...

Mit großem persönlichem Engagement ist Helenes Verteidigerin dabei, entlastendes Material beizubringen, die angeblichen Beweismittel der

Gegenseite zu erschüttern oder gar zu entkräften, um die Strategie des Staatsanwaltes insgesamt zu schwächen. Vor allem gilt es, Zeit zu gewinnen, um zu verhindern, dass in Kürze ein Urteil gesprochen wird. Bewusst mischt die Strafverteidigerin Sachargumente mit gezielten verbalen Attacken auf den Staatsanwalt: Dieser trage wenig zur Aufklärung bei, schade stattdessen ihrer Mandantin, sei a priori voreingenommen gegen sie. Nur weil bislang kein ähnlich gelagerter Fall vorgekommen sei, dürfe er nicht rundweg ausschließen, dass es Notwehr gewesen sein könnte. Dieser Rechtsfall übersteige in seiner Subtilität die Vorstellungskraft eines Anklägers, der rein gar nichts von der weiblichen Psyche verstehe. Ihm gehe es ausschließlich darum, das eigentliche Opfer zur blutrünstigen Bestie abzustempeln und den wahren Täter a posteriori freizusprechen, obwohl dieser eine brutale Straftat begangen habe. Natürlich wird die Verteidigerin neuerlich vom Gericht gerügt, denn das Opfer sei schließlich tot und der Herr Staatsanwalt brauche sich nicht vorhalten zu lassen, einen Toten schonen zu wollen. Auch die versammelte Kirchengemeinde äußert eindeutig und eindringlich ihren Unmut über diese unverschämte Anwältin. So laut buhen und zischen die frommen Frauen, dass auch die Drohung seitens des Gerichts, den Saal räumen zu lassen, nichts fruchtet. Folglich wird die Sitzung vorzeitig geschlossen und vertagt, die Verteidigerin und der

Staatsanwalt werden zu einer sehr ernsten Besprechung in das Dienstzimmer des Richters gebeten. Dabei kann die Anwältin über den zeitlichen Aufschub durchaus zufrieden sein. Helene wird wieder zurück in ihre Zelle in der U-Haft gebracht. Draußen vor dem Gerichtsgebäude entladen sich ganze Hasstiraden, und man schwört sich, keinen der kommenden Verhandlungstage auszulassen, um kollektiven, optischen Druck zu erzeugen.

Auch eine weitere Person nutzt die Zwangspause in dem Verhandlungsmarathon. Spät am Nachmittag, es beginnt bereits zu dämmern, sitzt sie in der dunklen Kirche „Zum Herzen Jesu" in der hintersten Bankreihe. Der Pfarrer nimmt einigen wenigen, älteren Frauen, die ebenfalls gekommen sind, die Beichte ab. Als auch die Letzte von ihnen wieder verschwunden ist, blickt er aus seinem Beichtstuhl auf die bewegungslos dasitzende Frau. Offenbar ist sie noch in den Vorbereitungen für ihre Beichte, sodass der Pfarrer geduldig wartet. Als jedoch mehr als dreißig Minuten verstrichen sind und die Frau im Dunkeln keine Anstalten macht, zu ihm zu kommen, verlässt er etwas missmutig seinen Beichtstuhl, schreitet gemessenen Schrittes zu der Dasitzenden hin und spricht sie an:

„Möchten sie noch bei mir beichten? Es ist jetzt niemand mehr vor ihnen dran."

Die Frau schreckt zusammen, als wäre sie eben aus einem tiefen Traum erwacht. Insgesamt wirkt sie jetzt fahrig, wendet unsicher auf seine Frage ein:

„Ich weiß nicht, Hochwürden. Ich kann doch nicht so einfach zu ihnen in die Beichte kommen, denn ich bin gar nicht katholisch. Außerdem bin ich die Ehefrau eines evangelischen Pastors."

„Wenn sie beichten möchten, brauchen sie dafür nicht katholisch zu sein. Das heilige Sakrament der Beichte gilt für alle Christen. Sie können also zu mir kommen, wenn sie das wollen."

Nachdem er in seinen Beichtstuhl zurückgekehrt ist und das Türchen geschlossen hat, erhebt sich die Frau, zögert kurz und geht dann doch zielstrebig zu ihm hinüber. Dort tritt sie ein, kniet nieder und sieht den Pfarrer hinter dem mit vielen kleinen, runden Löchern versehenen Sprechgitter als wäre sein Gesicht digitalisiert. Ein wenig beklommen von der ungewohnten Atmosphäre und der überraschenden Wende seit ihrem Eintreten in die fremde Kirche, wartet sie stumm. Auch der Pfarrer zeigt keine Eile, lässt sie sich fassen, sich finden. Schließlich bekennt sie:

„Ich weiß nicht, wie man beichtet."

Der Pfarrer ist unglaublich sensibel.

„Eine Beichte ist eigentlich nur ein Gespräch mit mir über ihre Sorgen, Nöte oder Verletzungen. Nichts davon wird nach draußen dringen. Je offener sie zu mir sind, desto besser kann ihnen unser Herrgott durch meine Vermittlung helfen. Fürchten sie sich deshalb nicht. Und wenn sie wollen, dann können wir jetzt anfangen, miteinander vertrauensvoll zu sprechen."

Hinter dem digitalisierenden Gitterfenster schlägt er mit der Hand ein Kreuz, beginnt:

„Im Namen des Vaters, des Sohnes und des Heiligen Geistes. Sie sind gekommen, um vor unserem Gott bekennen zu wollen. Er wird ihnen ihre Last abnehmen. Erzählen sie mir einfach, was sie bedrückt. Wenn ich dazu Fragen habe, werde ich sie jeweils kurz unterbrechen. Also beginne, meine Tochter!"

… Während ihrer Pubertät hat Helene keinen Freund. Nur einmal hat sie ein Junge auf einer Party geküsst. Es hat ihr durchaus gefallen, wenngleich sein Atem ziemlich nach Bier gerochen und er sie in die Lippen gebissen hat. Ebenso hat sie zugelassen, dass er ihre Brüste befühlte, streichelte und presste. Und sie hätte auch seine Hände an ihren Schenkeln geduldet, aber der Junge war etwas zu schnell und zu heftig. Er hatte Helene viel zu wild geküsst.

Als seine Nase an die ihre stieß, fürchtete sie schon Böses. Ihre bange Ahnung trog sie nicht, denn bereits beim nächsten Kuss schmeckte sie neben dem Bier auch schon das oxidierende Eisen. Mit ihrer Zunge versuchte, sie, das Blut unbemerkt wegzuwischen, aber den Jungen machte dies noch leidenschaftlicher, weil er wohl dachte, dass sie besonders heiß und geil auf ihn sei. Beim nächsten Kuss, der lange dauerte, hatte sie schon große Mühe, das aus ihrer Nase herausdrängende Blut in immer kürzeren Abständen wieder hochzuziehen. Bald wäre sie daran erstickt, weil sie durch den Zungenkuss und die jetzt komplett verstopfte Nase nicht mehr atmen konnte. Aus Luftmangel machte sie sich keuchend frei, war für einen Moment unachtsam, und da kam dann das Blut. Ungebremst floss es heraus und heran, ergoss sich in ihren Mund, färbte die Hand des Jungen an ihrer Brust und tränkte ihre Bluse. Dort, wo seine Finger lagen, hatte das Blut deren Umrisse farbig gerändert, als hätte ein roter Feuerwehrmann entsprechend roh zugepackt.

Der Junge hatte seinen ganzen Ekel herausgeschrien, während Helene apathisch ihrem Blut seinen wilden Lauf ließ. Für den Jungen und seine Kumpels war die Party abrupt zu Ende, und bald hatte es sich herumgesprochen, dass sie blutete, sobald man sie nur küsste. Niemals wieder war sie danach zu einer anderen Party eingeladen worden, wäre ohnedies auch nicht mehr hingegangen. Die anderen hatten ja recht, ihr Nasenbluten würde alles nur wieder verdorben haben. Diesen Weg würde sie nicht weiter beschreiten können …

Die Frau, die da in der Enge des Beichtstuhls der dunklen Kirche „Zum Herzen Jesu" kniet, ist Helenes Mutter. Ohne sie auch nur ein einziges Mal zu unterbrechen, hört der katholische Pfarrer die Beichte der evangelischen Pastorenfrau.

„Ich wusste, dass mein Mann Helene vergewaltigt hat. An so vielen kleinen Dingen, die sie jetzt nicht mehr tat, konnte ich es ablesen. Meine kleine Tochter war so anders geworden. Mein Mann muss sie dabei auch geschlagen haben, denn ihr Gesicht und vor allem ihre Nase waren noch tagelang geschwollen. Mir gegenüber gab sie vor, sie sei versehentlich gegen eine Tür gerannt. Helene hatte vorher noch nie Nasenbluten gehabt, aber jetzt kam es sehr oft. Ich fühlte, wie sehr es sie ängstigte und quälte, aber ich wusste ja auch nicht, wie ich ihr hätte helfen können. Auch hätte es niemandem genutzt, wenn ich meinen Mann angezeigt hätte. Ein Pastor, der seine eigene Tochter schändet, das würde kein Mensch geglaubt haben. Eine Scheidung kam nicht in Betracht, denn wohin sollte ich denn mit meinen beiden Kindern gehen? Elsie war damals erst 2 Jahre alt und hätte nicht verstanden, wenn ihr geliebter Papa nicht mehr da gewesen wäre. Deshalb unternahm ich nichts, schwieg vor Kummer und Scham, bis …" sie stockt in ihrer Beichte, „... bis an jenem Sonntagmorgen vor Ostern, als mein Mann unsere jetzt 10-jährige Tochter Elsie ebenfalls vergewaltigen wollte. Ich hatte bemerkt, wie er sie herzte und streichelte. Elsie war ahnungslos und ließ den Papa machen, merkte nichts. Aber Helene hatte es auch gesehen, wusste, was ihr Vater mit Elsie vorhatte. Als mein Mann früh am Morgen vor dem Gottesdienst Elsies Zimmer betrat, wollte Helene mich holen. Doch ich war bereits hinter ihm, und noch ehe er meiner kleinen Tochter dasselbe Leid wie Helene antun konnte, schlug ich ihm mit dem Beil so lange auf Kopf und Rücken, bis er leblos zusammenbrach. Helene war wie von Sinnen, rannte in die Kirche und schrie, dass sie ihren Vater umgebracht habe.

In diesem Moment war etwas in ihrem Inneren geborsten, auseinandergebrochen und hatte sich anders wieder zusammengesetzt. Sie glaubte wirklich, dass sie es war, die zugeschlagen hat. Ich erinnere mich genau. Die Szene war so schrecklich unheimlich: Helene gestikulierte vor meinem Gesicht herum, Elsie weinte vor Entsetzen, mein Mann lag mit verrenkten Gliedmaßen und einer klaffenden Rückenwunde in der Tür auf dem Boden. Noch hielt ich das Beil, bereit, erneut zuzuschlagen. In mir war nur noch dumpfe Genugtuung. Aber dann hat mich die Angst überwältigt. So sehr, dass ich zuerst dankbar war, dass Helene es auf sich genommen hat. Ich dachte, sie ist erst 18, fällt noch unter das Jugendrecht. Mich dagegen würde die volle Strafe treffen. Deshalb wollte ich mich hinter meiner Tochter verstecken, obwohl sie doch schon so viel durchgemacht hat. Hochwürden, ich bin so feige! Was soll ich bloß tun?"

Die Antwort des Pfarrers, nachdem er diesem ergreifenden Geständnis gelauscht und eine ganze Weile lang schweigend überlegt hat, ist schnörkellos und offen:

„Geh und helfe deinem Kinde! Bekenne vor den Menschen! Sonst wird ihre Vergewaltigung niemals enden. Auch du wirst keine Ruhe finden. Du hast gesündigt, meine Tochter. ‚Du sollst nicht töten!' heißt es in den 10 Geboten. Doch du hast getötet, um Leben zu retten. Das rechtfertigt natürlich die Tat nicht, macht sie jedoch verständlich. Dafür musst du Buße tun. Aber du darfst nicht länger schweigen, denn wenn du schweigst, so lügst du und gibst falsches Zeugnis von deinem Nächsten. Auch das verbieten die 10 Gebote. Denke besonders an das Leben deiner älteren Tochter. Nicht nur ihre Vergewaltigung dauert an, sondern die schwere Schuld, ihren eigenen Vater vermeintlich getötet zu haben, kommt noch hinzu, solange du sie nicht entlastest. Wenn sie tatsächlich glaubt, ihren Vater hinterrücks erschlagen zu haben, dann müsste sie ewig mit dem entsetzlichen Gedanken leben, eine Mörderin zu sein. Das darfst du ihr nicht zusätzlich antun, das kannst du nicht machen, denn damit begehst du eine zweite, vielleicht wesentlich schwerer wiegende Sünde. Geh, meine Tochter, und befreie dein Gewissen und dein armes Kind! Auch du wirst sonst niemals mehr Ruhe finden. Zwei Bestrafungen für eine Tat, das ist zu viel. Opfere nicht noch deine Tochter! Gehe und nehme dein Kreuz! Steh zu deiner Tat, vor Gott und dem irdischen Gericht! In Ewigkeit Amen."

Helenes Mutter stellt sich. Natürlich ist es die Sensation im Gerichtssaal. Nicht die Tochter hat ihren Vater erschlagen, sondern die eigene Ehefrau soll es getan haben! Will ihren Mann getötet haben, um einer neuerlichen Vergewaltigung zuvorzukommen? Wahrheit? Lüge? Eine weitere Variante in der Notwehr-Theorie? Helenes Strafverteidigerin triumphiert, das Warten und die Hinhaltetaktik haben sich gelohnt. Sie plädiert auf unverzügliche Entlassung ihrer Mandantin aus der Haft.

Dennoch, der Staatsanwalt glaubt Helenes Mutter nicht, will um jeden Preis die Verurteilung der Angeklagten. Dabei steckt er jetzt in einem Dilemma. Einerseits ein neues Geständnis und andererseits eine Polizei, die nach Helenes Bekenntnis in der Kirche nur noch nachlässig ermittelt hat. Sämtliche Spuren waren verwischt und unbrauchbar. Die Leiche war auf das eheliche Bett gelegt und die Blutlache von der Mutter weggeputzt worden. Eine neuerliche Überprüfung würde dies Versagen der Ermittlungsbehörden öffentlich machen und damit alles nur noch komplizierter werden lassen. Das aber wäre ein gefundenes Fressen für die lokale Presse. Und erst diese abgefeimte Verteidigerin mit ihrer absurden Theorie der anhaltenden Notwehr! Ginge er auf dieses Spiel der Mutter ein, könnte diese nach Freilassung der Tochter ihr eigenes Geständnis an einem x-beliebigen Punkt kurzerhand widerrufen. In dem ganzen Wirrwarr und Schlamassel danach würde er alle beiden Delinquenten verlieren, weil die Beweismittel fehlten. Letztlich kämen beide frei, und das durfte nicht sein! So also sah die Strategie der Verteidigung aus! Deshalb hatte sie ihn immer wieder persönlich attackiert! Daher auch dieses hartnäckige Beharren auf einer unhaltbaren Rechtsposition! Nein, so etwas konnte und durfte er nicht zulassen, dass die Verteidigung auf derart billige Weise obsiegen sollte! Für ihn steht deshalb unerschütterlich fest, dass die Mutter eine Lügnerin ist, um ihre Tochter zu entlasten. Noch apodiktisch strenger sehen es die christlichen Zuschauer im Saal: Ihr armer, toter Pastor war doch wirklich mit dieser sündigen Familie genug gestraft gewesen!

Auch das Gericht wirkt keineswegs überzeugt, weist deshalb den Antrag der Verteidigung auf Freilassung ihrer Mandantin ab. Ein neues, noch heftigeres Duell zwischen Anklage und Verteidigung beginnt. Rede und Gegenrede kreuzen mitleidlos die Klingen. Da kommt dem vom Geständnis der Mutter völlig überrumpelten Staatsanwalt in seiner Beweisnot ein genialer Einfall. Sogleich gibt er sich entspannt und lauscht den Einreden der Verteidigerin in aller Gelassenheit.

Nach dem mit Verve und viel Gespür für das Sentiment vorgetragenen Appell, mit dem der Antrag auf Freispruch neuerlich bekräftigt wurde, erhebt sich der Staatsanwalt gemächlich, blickt erst zum Gericht, bei dem die Verteidigung jetzt anscheinend doch gepunktet hat, dann auf die Zuhörer, in deren Meinungsblock sich jedoch definitiv nichts bewegt hat. Ruhig und sachlich bittet er, eine weitere Person befragen zu dürfen: Nach langem Hin und Her und etlichen Einsprüchen der Verteidigung wird Elsie in den Zeugenstand gerufen. Nur vier kurze Fragen hat der Staatsanwalt an das Mädchen:

„Wo warst du, als dein Papa totgemacht wurde?" – „In meinem Bett."

„War dein Papa bei dir im Bett gewesen?" – „Nein."

„Hat er an diesem Morgen irgendetwas mit dir gemacht?" – „Nein."

„Hast du deinen Papa denn überhaupt gesehen?" – „Nein."

Helenes Verteidigerin erkennt sofort, worauf der Staatsanwalt zielt, und dass sie und ihre Mandantin den Prozess verloren haben. Schweren Herzens verkneift sich der Staatsanwalt ein triumphierendes Lächeln und beginnt:

„Hohes Gericht, verehrte Frau Verteidigerin! Die Angeklagte und ihre Mutter lügen gemeinsam! Die eine lässt auf Notwehr nach einer angeblichen Vergewaltigung vor 8 Jahren plädieren, die andere, weil die ganze Sache inzwischen unhaltbar geworden ist, will uns glauben machen, sie habe eine Vergewaltigung auch ihrer zweiten Tochter nur dadurch verhindern können, indem sie ihren Ehegatten hinterrücks erschlägt. Wie wir von Elsie gehört haben, ist rein gar nichts passiert. Nicht einmal gesehen hat sie ihren Papa! Und noch einem zweiten, wichtigeren Punkt sollten wir uns widmen. Beide Frauen geben vor, zur Tatzeit gemeinsam am Tatort gewesen zu sein, wollten angeblich eine Vergewaltigung verhindern. Woher wussten sie, dass eine solche überhaupt unmittelbar bevorstand? Hat der Pastor ihnen das vorher angekündigt? Hätte man ihn nicht mit Worten stoppen können? Brauchte man dazu ein Beil? Bevor man jedoch das Beil holt, weiß man etwas, das der Vergewaltiger selbst noch nicht weiß? Handelte es sich hier um eine Art gemeinsamer Erleuchtung der Pfarrersfrau und ihrer Tochter? Zwei identische Eingebungen, die mit einem Mord enden? Nein! Denn es kann nicht sein, dass hier auf Notwehr und Freispruch plädiert wird, wenn die Notwehr bereits einsetzt, noch ehe der Täter auch nur den kleinen Finger gekrümmt hat. Nein, Hohes Gericht, werte Frau Kollegin, die beiden Frauen lügen, dass sich die Balken biegen: Die eine, um sich als unschuldiges Opfer reinzuwaschen, die andere, um zu verschleiern und zu decken!"

Der Staatsanwalt wendet sich jetzt direkt an die Strafverteidigerin, zeigt nun offen seine Genugtuung:

„Verehrte Frau Strafverteidigerin, sie haben uns allen, dem Gericht, den Zuhörern im Saal und der staatlichen Anklage weismachen wollen, dass ihre Mandantin, ich formuliere mal etwas salopp, in ‚zeitverzögerter Notwehr' gehandelt habe. Das hätten wir ihnen beinahe sogar abgenommen, und ihr brillanter Einfall würde damit Rechtsgeschichte geschrieben haben. Doch Werkzeug und Tathergang sprechen eine andere Sprache. Mit einem Beil und hinterrücks hat sie ihren Vater erschlagen! Vorsätzlich und geplant gemeuchelt! Ihre Notwehrthese kaufen wir ihnen nicht mehr ab, denn das Handeln ihrer Mandantin war, ich formuliere erneut etwas keck, nicht zeitverzögert, sondern ‚tatvorauseilend' und deshalb eindeutig Mord!"

Gewaltiger Applaus brandet im Gerichtssaal auf, die geifernde Meute reckt unisono den Daumen nach unten. Resigniert schließt die Verteidigerin ihre Akten, und das Gericht befindet Helene für schuldig im Sinne der Anklage. Ein allgemeines Aufatmen signalisiert, dass zumindest der irdischen Gerechtigkeit endlich Genüge getan worden sei. Das Geständnis der Mutter wird als Finte und Irreführung bewertet. Selbst Helenes Verteidigerin glaubt nun nicht mehr an deren Unschuld. Helene wird in Handschellen abgeführt und in die JVA überstellt. Als ihre Mutter das Gerichtsgebäude verlässt, wird sie von einer schweigenden Menge erwartet. Wie die Wasser des Roten Meeres teilen sich die Gläubigen und lassen sie Spießruten laufen, bis sie endlich in den Bus einsteigen kann, der sie diesen hasserfüllten Blicken entzieht.

Helene beschließt, sich eine eigene Party zu geben. Nur ihren Blutsfreund will sie dazu einladen. Gewiss wird er kommen, wenn sie ihn nur entsprechend dazu auffordert. Nichts an Helene fällt der wachhabenden Wärterin auf. Irgendwann werden im Zellentrakt die Lichter gelöscht. Noch eine Weile wartet Helene im Dunkeln, dann schickt sie nach ihrem Freund. Und wie sie ruft! Mit aller Kraft schlägt sie sich mit der Faust gegen die Nase. Augenblicklich ist ihr Freund zur Stelle. Doch nicht wild wie ein unerfahrener Junge, sondern umarmend und männlich. Jetzt spürt sie seine wahre Stärke, gibt sich ihm widerstandslos hin.

EL BRUJITO – DAS HEXENMEISTER-LEIN

Er lugt durch den großen Vorhang in den Zuschauerraum. Die ersten Stuhlreihen sind unbesetzt, nur hinten, auf den billigeren Plätzen, rekeln sich ein paar Gestalten, unterhalten sich laut. Von einer gespannten, knisternden Atmosphäre, wie sie ein Zauberabend üblicherweise ausstrahlt, ist nichts zu merken. Im Gegenteil! Die ersten Pfiffe sind zu vernehmen, offenbar, weil es ihnen zu lange dauert, bis die Aufführung beginnt. Ihn schaudert es bei dem Gedanken, für diese Plebejer, wie er sie zu bezeichnen pflegt, aufzutreten und seine Zauberperlen unter sie zu streuen. Früher, ja da hätte er damit gedroht, die Veranstaltung abzusagen, sollte nicht unverzüglich höfliches Schweigen eintreten. Doch heute ist alles so furchtbar anders geworden; seine Existenz steht auf der Kippe. Der Kampf ums nackte Überleben wogt hin und her, und der Tag dürfte nicht mehr allzu fern sein, an dem er diese Auseinandersetzung mit seinem herz- und verständnislosen Publikum endgültig verloren haben wird. Erstes Anzeichen dieser unabweisbaren Niederlage ist das Ausbleiben von ausreichenden Geldmitteln, um sich eine Jungfrau kaufen zu können. Natürlich nicht für sexuelle Spielereien, sondern als erotische Hauptattraktion seiner Zauberkunststücke. Die Jungfrau wird in einen präparierten Sarg gelegt und anschließend vor aller Augen zersägt. Und eine derartig mutige Jungfrau kostete eben Geld, ist keineswegs billig zu haben. Der Teufelskreis schließt sich perfekt: Wenn das Geld für die Anmietung dieser Jungfrau fehlt, weil zu wenig zahlende Zuschauer zu seiner Zauberschau kommen, kann er diese Zugnummer nicht bringen. Streicht er sie aber aus seinem Programm, dann bleiben die Leute erst recht weg, weil sie verwöhnt sind, und dann klingelt noch weniger Geld in der Kasse. Ohnehin übersteigen die allgemeinen Ausgaben beinahe die kargen Einnahmen. Unlängst erst ist die Saalmiete spürbar erhöht worden. Wenn er sämtliche Unkosten abzieht, verbleibt kaum noch etwas zum Leben; eine Jungfrau ist bei dieser extrem knappen Kalkulation einfach nicht mehr drin.

Mit einer resignativen Geste lässt er den Vorhang wieder zurückfallen, streicht sich über sein schütteres, graues Haar und setzt seufzend den hohen, spitzen Zauberhut auf den Kopf. Dann schlüpft er in den schwarzen Mantel mit den goldenen Sternen, greift nach seinem kleinen Stock, den er braucht, um das weiße Kaninchen aus seinem Hut Männchen machen zu lassen. Gerade will er nach den weiteren Gegenständen greifen, als ihn eine etwas verärgerte Stimme aus dem dunklen Garderobenraum anfährt:

„Nun mach aber mal flott, Brujito! Die Leute werden langsam ungeduldig. Hörst du sie denn nicht pfeifen?"

Doch, er hörte ihr Randalieren, verabscheute sie für diese Ungezogenheit. Und er hasste diese Stimme, die ihn so barsch aufgefordert hat. Es ist sein Vermieter, dem er noch für die letzte Saalmiete das Geld schuldet.

„Mach deine Arbeit, Mann, und bezahle endlich deine Rückstände, sonst schmeiß ich dich wirklich raus und dann kannst du mit deiner blöden Taube und deinem sprechenden Hasen betteln gehen!"

Ohne darauf zu antworten, starrt El Brujito in das Dunkel des Saales. Ihm graust davor, gleich vor diese unsensible Horde treten und erklären zu müssen, warum der Trick mit der zersägten Jungfrau heute ausfallen muss. Sie werden ihn lynchen, ihr Eintrittsgeld zurückfordern. Da zupft ihn jemand an den Rockschößen seiner Jacke. Es ist die kleine Tochter des Vermieters, die ihm helfen möchte. Sie will, dass er sie als seine Jungfrau in den Pappsarg legt und sie zersägt. Zwar versteht sie die technischen Zusammenhänge nicht, fürchtet sich zudem noch vor der grässlichen Säge, aber sie ist trotzdem tapfer. Dankbar streicht er ihr über den Kopf, aber natürlich kann er ihr Angebot nicht annehmen, die Leute würden vor Lachen brüllen, wenn da ein kleines Mädchen als Jungfrau dem geöffneten Sarg entsteigen würde. Außerdem bekäme er gewiss richtig Ärger mit dem Vermieter, weil der annehmen müsste, er, El Brujito, hätte sich an seine Tochter herangemacht. Vor Zorn würde der Vermieter ihn vermutlich selbst zersägen, live und in handliche Stücke!

Es hilft nichts, er muss sich jetzt stellen. Mit schlecht gespielter Leichtigkeit tritt El Brujito nun auf die Bühne, wo er sofort mit einem gellenden Pfeifkonzert empfangen wird. Nach ein paar kleineren Zaubertricks dann eine seiner Paradenummern. Alles geht erst einmal gut. Der sprechende Hase lässt sich an den Ohren aus dem Zylinder ziehen, sitzt aufmerksam vor El Brujitos Stock, wartet auf die Kommandos. Doch plötzlich geschieht es. Er hebt die Hinterbeine und knödelt auf den Tisch. Dann hoppelt er zur Seite und betrachtet die üble Bescherung mit einem dermaßen vorwurfsvollen Blick, als hätte der Zaubermeister selbst dieses Unglück zu verantworten. Ein derbes Grölen ertönt als grausames Echo aus dem Hintergrund des Saales, und man fordert das sprechende Kaninchen zur Wiederholung auf. Verzweifelt versucht El Brujito die Situation dadurch zu retten, indem er die Nummer mit der Taube vorzieht, um vom Hasen abzulenken. Doch die Taube flattert ängstlich, will nicht aus dem Hut. Offenbar fürchtet sie sich vor dem Hasen, der, nunmehr körperlich erleichtert, munter auf dem Tisch umherhoppelt. Als El Brujito sie fast mit Gewalt aus dem Hut zerrt, wird auch der Hase hysterisch, nimmt Anlauf und springt vom Tisch. Als brüllendes Gelächter aufbrandet, kann sich der Zauberer gut vorstellen, wie der Hase in Panik durch die Stuhlreihen saust, währenddessen die Taube mit den Flügeln schlägt, als wollte sie wegfliegen, was sie jedoch nicht kann. Einer der Zuschauer hat dem sprechenden Hasen den Weg verstellt:

„Wo hat denn dein Herr die Jungfrau gelassen? Ist sie denn überhaupt noch eine? Ist deshalb seine Säge so stumpf?"

Der sprechende Hase klopft mehrmals mit der Hinterpfote auf den Boden, was allgemein als Bejahung der Fragen gewertet und mit großer Heiterkeit quittiert wird. Bruja, die hinter dem Vorhang hervorlugt, versteht kein Wort von diesem schrecklichen Durcheinander. El Brujito verliert jetzt ebenfalls die Beherrschung, beschimpft sein Publikum und möchte sich am liebsten selbst im Zylinder verstecken. Verärgert fordern die Zuschauer ihr Geld zurück, und endlich lässt der Besitzer der Schaubühne den Vorhang herab, sodass El Brujito mitsamt der flatternden Taube dahinter verschwindet. El Brujito weint.

Oh, wie berühmt ist er einst gewesen! Liebling des Publikums und Großmeister seiner Zaubergilde! War er es doch, der als Erster den Trick mit der Jungfrau gebracht hat. Unter gekünstelten Schmerzensschreien hatte er Jungfrau nach Jungfrau zersägt. Hatte quasi ein Monopol auf sie ge habt, bis die anderen aus seiner Zunft diese öffentliche Zersägung gleichfalls in ihr Repertoire aufnahmen. Danach war dieser einstmals geniale Trick zum Zauberalltag verkommen, und das Publikum verlangte nach neuem Nervenkitzel. Die Leute waren überfüttert und wurden überkritisch. Ein Zauberer, der nur noch Kasper und dummer August ist, passt nicht mehr in diese Zeit. Zu den Vorstellungen kommen deutlich weniger zahlende Besucher. El Brujito hat sich selbst überlebt. Seine harmlosen Kunststücke mit zahmen Tauben, sprechenden Kaninchen und unbezahlbaren Jungfrauen sind einfach nicht mehr gefragt.

Heutzutage, das wird dem deprimierten El Brujito klar, will niemand mehr einer vorgetäuschten Hinrichtung auf der Bühne beiwohnen. Doppelbödige Pappsärge und kreischende Jungfrauen haben endgültig ausgedient. Real und gnadenlos live muss alles sein. Das moderne Publikum giert nach Blut wie ehedem die unersättliche Menge im Kolosseum zu Rom. Mit derlei Monströsitäten will ein El Brujito aber nichts zu tun haben, denn das widerspräche den ungeschriebenen Regeln seiner ehrbaren Zunft. Ohne Bedauern beschließt er, sich das nun überflüssige Leben zu nehmen. …

Am Ende der langen Straße, auf der El Brujito in seinem Zauberhaus so kläglich scheitert, befindet sich auch das „Théâtre d'existence" für surrealistische Kunst. Anders als dessen billiges Varieté ist das Aktionstheater ganz mit tiefschwarzen Tüchern verhängt, sodass für den Zuschauer der Eindruck entsteht, er befände sich in einem großen, verschlossenen Sarge. Die an heimliche Augen erinnernden Scheinwerfer vermögen es, zur Präzisierung des Gesagten trennscharfe Spots zu setzen oder breite Lichtbahnen zu ziehen, um das Geschehen voll auszuleuchten. Somit ganz das Gegenteil zu dem für biedere Ekstasen bekannten El Brujito. Entsprechend betrachtet sich das hochgestylte Publikum als avantgardistisch, wenn nicht gar nihilistisch, verlangt nicht nach heiteren Schäferstücken oder derben Burlesken, möchte auch keineswegs von kindischen Zaubertricks illusionistisch verführt werden. Man will nicht bloß unterhalten werden, sondern begehrt zu wissen! Mehr und immer mehr, stets auf der faustischen Suche nach profunden Erkenntnissen. Es will verstehen, was sich hinter den Dingen verbirgt, stellt sich ja selbst permanent die Seins- und Sinnfrage. Dieses Publikum ist unerhört anspruchsvoll, fordert unmissverständlich jene Themen, die eben kein Mainstream sind. Dazu will es manirierte und exaltierte Schauspieler sehen, die ihre existenziellen Fragen hinausbrüllen und darauf sibyllinische Antworten flüstern. Favorisiert werden daher auch die Auseinandersetzungen mit den weltbewegenden Kräften von Erlösung und Verdammnis. Im Mittelpunkt ihrer eigenen Identitätsfindung ringen sie um Herr- oder Knechtschaft in der hegelschen

Dialektik. Gerade heute steht das destruktivistische Werk „NATAS meets TTOG" auf dem Spielplan. Vom Inhalt weiß man nichts Konkretes, doch die beiden Protagonisten versprechen Erlesenes, werden von der Kritik hochgelobt.

Erster Akt

(Ttog sitzt in einer ultrakurzen Tunika auf einem Hocker ohne Lehne und ist von einem Spot in blendendes Weiß getaucht, während Natas in einer schwarzen, langen Robe völlig im Dunkeln bleibt)

Natas: „Ich bemerke, dass du Strumpfhosen unter deinem Röckchen trägst, Ttog. Weiße, glänzende, hochelegante. Einundzwanzig Denier schätze ich. Warum tust du das? Ist das eitle Provokation oder pure Lust? Ich dachte, du wärest ein konservativer Mann."

(Da Ttog nicht antwortet, fährt Natas fort)

Natas: „Deine geilrosa Pumps gefallen mir. Echte Killerheels, mindestens 14 Zentimeter hoch, würde ich meinen. Ich wusste gar nicht, dass es diese Dinger in Größe 52 gibt. Sonderanfertigung für dich, nicht wahr? Kosten bestimmt eine Stange Geld. Nicht unter 1000 Euro zu bekommen, habe ich recht? Sag, wo lässt du arbeiten, Ttog?"

(Ttog wird wütend, herrscht ihn an)

Ttog: „Was bist du doch für ein Flachwichser! Willst du mich etwa mathematisieren und digitalisieren mit deiner unappetitlichen Rechnerei?"

(Natas lächelt despektierlich. Im Dunkeln kann man es zwar nicht sehen, aber in seiner Antwort ist es deutlich herauszuhören)

Natas: „Meine Hochachtung für dein Outfit ist keineswegs gespielt, lieber Ttog. Verzeih mir, dass ich erst allmählich einen geschärften Blick für Marke und Design entwickle. Da, wo ich herkomme, geht man gewöhnlich nackt."

(Im Zuschauerraum wird schrill gelacht. Natas, aus seiner dunklen Ecke, fährt stärkere Geschütze auf)

Natas: „Könntest du mir gegebenenfalls deinen rechten Pumps leihen? Dieser vermaledeite Bockshuf an meinem linken Bein ist blöderweise zu lang nach unten gewachsen. Ich hinke und humpele schon seit geraumer Zeit, und das verursacht schlimme Schmerzen. Mit einem deiner Stilettos könnte ich den Höhenunterschied perfekt wieder ausgleichen."

(Ttog ist ob dieses Ansinnens mehr als empört, brüllt mit voller Lautstärke)

Ttog: „Geh du besser zu einem Hufschmied und lasse dir dort das überflüssige Horn abfeilen!

Und vergiss nicht, dir auch den Strahl ausschneiden zu lassen!"

(Nun wird Natas ebenfalls böse)

Natas: „Und du willst der barmherzige Ttog sein? Der alles Verstehende, alles Verzeihende, alles Gebende? Das glaube ich einfach nicht! Hat sich selbst wie eine Tunte aufgebrezelt und schmeißt mit stinkfurzigen Klugscheißereien um sich! Wenn ich mir schon den Huf beschneiden lassen soll, dann so, dass er danach in deinen anderen Pumps passt. Ich nehme sie dir kurzerhand gleich alle beide weg! Willst du das?"

(Ttog bricht in ein lautes Schluchzen aus, Natas lacht meckernd; ihr Publikum rast vor Vergnügen. Genau diese elementaren Sequenzen haben die Leute erwartet, diesem pointierten Dialogstil entgegengefiebert. Eine junge Frau pfeift gellend auf zwei Fingern, ruft:

„Runter mit euren Röcken! Zeigt uns, wie Gott und der Teufel euch geschaffen haben!")

Zweiter Akt

(Ttog und Natas sprechen kein Wort, aber man spürt förmlich, wie angestrengt sie nachdenken. Auch die Zuschauer sind in diese spekulative Schweigephase eingebunden. Nach einer ganzen Weile erst beginnt Natas zu philosophieren)

Natas: „Du hast sechs Tage gebraucht, Ttog, um die Welt zu erschaffen und das Gute in sie hineinzubringen. Dann, am siebenten Tag aber warst du faul, hast geruht zu ruhen. Das freilich war ein verhängnisvoller Fehler von dir, Ttog!"

Ttog: „Du irrst, mein guter Natas. Ein Ttog pflegt keine Fehler zu machen, denn er ist allwissend, allmächtig und allgegenwärtig."

Natas: „Das mag ja meistens sein, aber eben nicht immer und nicht immer ganz vollständig, denn an jenem siebenten Tage schlich ich an deinem Ruhelager vorbei, um das Böse in deine schöne, neue Welt hineinzutragen, ohne dass du es merktest. Auch wirst du zugeben müssen, dass ich damit mehr als erfolgreich war."

Ttog: „Sehr erfolgreich, behauptest du? Unbemerkt sei es geschehen? Pah! Du würdest es nicht getan haben können, wenn ich es nicht zugelassen hätte. Denn das Gute benötigt, um als solches überhaupt wahrgenommen und gelebt zu werden, das Böse als seinen Widerpart. Wer im Kampfe siegreich bleiben will, braucht dazu einen Gegner von Format. Dieser geschlagene Feind wird dann zum Sänger aus der Finsternis, welcher das Gute mit seinem Hohelied beispielhaft emporhebt. Das Böse hingegen verbleibet ewiglich im Dunkel."

Natas: „Deine Sophistereien sind von vorvorgestern, mein lieber Ttog. Ich wiederhole und be-

kräftige nochmals. Dieser von dir eingelegte Ruhe-
tag erwies sich als folgenschwerer Fehler. Weil du
zu selbstzufrieden mit deinem angeblich vollkommenen Entwurf warst, hatte ich genügend
Zeit, einen Trojaner in das Gute einzuschleusen,
um es an seiner Entfaltung zu hindern, es auf den
Pfad der Sünde abzudrängen, um es auf immer in
seiner Erfüllung zu blockieren."

(Ttog ist über Natas' schonungslose Worte entsetzt, empört sich)

Ttog: „Wie konntest du das wagen? Ich, Ttog,
bin der einzig wahre Demiurg! Mit deinem hässlichen Treiben desavouierst du mich als den Wel-
tenschöpfer per se!"

Natas: „Das alles ist nur ein Produkt deiner
maßlosen Selbstüberschätzung, deiner pomadigen
Selbstverherrlichung, deiner narzisstischen Selbst-
verliebtheit! Wärest du nur etwas demütiger gewesen, wie du es immer forderst, hättest du merken müssen, wie ich im Finstern hinter dir stand
und mein schwarzes Licht auf deine naive Welt
richtete. Das Hohelied, welches der geschlagene
Sänger zu deinem Ruhme zum Besten geben sollte,
wie du dich ausdrücktest, besitzt eben auch einen
Kontrapunkt, um einmal deine Metaphorik von
vorhin aufzugreifen."

(Ttog ist sichtlich erschüttert, wendet sich erst-
mals direkt an das Publikum)

Ttog: „Warum hat er mir denn nichts von seinen Plänen gesagt? Er hätte mich doch vor mir selbst warnen müssen. Wie kann ich denn meiner Aufgabe als Baumeister der Welt gerecht werden, wenn man mir die dafür erforderliche Unterstützung verweigert?"

(Aus dem Zuschauerraum kommt prompt die Antwort jener jungen Frau von vorhin:

„Du hättest ihn vielleicht darum bitten können!"

(Auch Natas tritt aus seiner dunklen Ecke heraus)

Natas: „Eben das hätte sein Stolz damals nicht zugelassen, genau, wie seine Arroganz es ihm heute noch verbietet!"

Ttog: „Und wenn ich ihn jetzt noch darum bäte?"

Natas: „Auch die reuigste Einsicht hülfe nichts, jetzt, da es zu spät ist!"

(Beide kehren, Rücken an Rücken, zu ihren Hockern in den jeweiligen Ecken zurück. Das Stück NATAS meets TTOG entwickelt sich so recht nach dem Geschmack des geneigten Publikums. Man sehnt das große Finale herbei, fordert lautstark die endgültige und unwiderrufliche Entmachtung des eitlen Demiurgen. In der Pause trinkt man Absinth, raucht schwarze Havannas. Danach tritt besagte junge Zuschauerin erneut an den Bühnenrand, provoziert die Kontrahenten mit höhnischer Stimme:

„Hasset einander und zeuget daraus noch bösartigere Weltenkinder!"

Letzter Akt

(Der Bühnenhintergrund wird voll angestrahlt; ein riesiges Yin und Yang erscheint auf der Leinwand. Ganz offensichtlich ist Ttog zwischenzeitlich in sich gegangen)

Ttog: „Was rätst du mir zu tun, Natas? Ich zweifle und wanke, aber ich kann doch wohl jetzt nicht mehr mein ganzes Opus Dei rückgängig machen, indem ich diese von mir so nicht gewollte Welt einfach wieder vernichte?"

Natas: „Natürlich nicht! Aber abstinent zu bleiben, geht erst recht nicht. Ein Stillehalten würde bedeuten, dass die Blockade weiter bestehen bleibt."

Ttog: „Ich könnte dich und deine Person allerdings mit einem Fingerschnippen aus dieser Welt entfernen, Natas. Dann würde sicherlich auch das Böse mit dir zugleich verschwinden. Habe ich da recht?"

Natas: „Halb recht und halb nicht, denn wenn mit mir tatsächlich das Böse verschwände, würde das Gute nicht mehr aus der Finsternis heraus besungen werden können. Seine Bedeutung als Handlungsimperativ würde sich aufheben. Damit freilich würdest du dich ad absurdum führen, dich selbst ebenfalls überflüssig machen. Dann müsstest du gleichfalls aus dieser Welt verschwinden und mit dir auch das Gute, welches ohne das Böse keine Gegenkraft mehr hat. Du kannst das Böse nicht besiegen, ohne das Gute zu zertreten, Ttog! Als sinngebender Schöpfer würdest du dich lächerlich machen, wärest fürderhin unglaubwürdig und müsstest zugunsten einer höheren Instanz deinen Hut nehmen und abdanken!"

(Ttog denkt angestrengt nach, sucht verzweifelt einen Ausweg aus dem Dilemma seines offensichtlich misslungenen Schöpfungsentwurfs. Natas unterbricht dessen Schweigen)

Natas: „Wir sollten nicht länger miteinander streiten, Ttog. Es kann zwar keine Versöhnung zwischen uns geben, aber lass uns den Gedanken dieser jungen Frau aus dem Publikum aufgreifen und neue Kinder zeugen! All unser künftiges Tun muss auf eine zweckrationale Übereinkunft zwischen unseren Kräften hinauslaufen: Wir benötigen eine veränderte Teleologie! Das sind wir deiner und meiner Welt schuldig!"

Ttog: „Du scheinst mit deiner Aussage, dass wir uns wechselseitig nicht besiegen, sondern nur neutralisieren können, richtig zu liegen, Natas.

Aber was sollen wir gemeinsam schaffen und schöpfen?"

Natas: „Wir können nichts mehr kreieren, Ttog, denn dazu ist uns die Entwicklung schon zu sehr aus den Händen geglitten. Unsere letzte Aufgabe wird es sein, uns gemeinsam überflüssig zu machen."

Ttog: „Du meinst, wir sollten dieser Welt zuliebe aus ihr verschwinden?"

Natas: „Genau das will ich damit sagen. Das Böse und das Gute gehen freiwillig, bevor man uns davonjagt."

Ttog: „Aber was bliebe dann zurück? Ich meine, was würde dann aus dieser Welt?"

Natas: „Schau hinter dich!"

(Ttog dreht sich auf seinem Hocker um. Auf der Leinwand hinter ihm sind Yin und Yang verschwunden, an ihrer Stelle erscheint ein riesiges Spinnennetz. Die Spots der Scheinwerfer setzen kurze Lichtblitze darauf und verlöschen wieder, sodass es aussieht, als huschte ein mausähnliches Wesen scheinbar ziellos hin und her)

Ttog: „Ich verstehe diese Symbolik noch nicht, Natas, aber ich vertraue deinem Urteil. Ich lerne daraus, dass es für unser Verweilen hier keine existentielle Rechtfertigung mehr gibt. Dann sollten wir auch nicht länger zögern! Wenn du, Natas, also bereit bist, dann wäre ich es auch."

(Wieder schreit die junge Zuschauerin ihre Begeisterung heraus, und das Publikum spendet frenetischen Beifall:

„Verwerfet Heiligenschein und Horn! Wendet euch zum Götzendienst!"

Nachdem Natas und Ttog ihre gemeinsame Entscheidung getroffen haben, erheben sie sich von ihren Hockern. Dann treten sie bis nach vorne an den Bühnenrand, legen die Arme umeinander und tanzen eine Danse funèbre, dabei rezitieren sie aus der Todesfuge von Paul Celan)

„Schwarze Milch der Frühe wir trinken sie abends,

wir trinken sie mittags und morgens wir trinken sie nachts"

(Ihr Tanz misslingt, weil Natas wegen seines überlangen Hufes nur humpeln kann, während Ttog auf seinen hohen Absätzen wie ein Rohr im Wind schwankt)

Natas: „Bitte, leih mir deinen rechten Schuh, Ttog, damit ich die fehlende Höhe zu meinem Huf ausgleichen kann. Du bekommst ihn auch gewiss wieder."

(Wortlos schlüpft Ttog aus seinem Pumps, gibt ihn dem Natas, der ihn dankbar anzieht. Dann setzen sie ihren Totentanz fort. Doch diesmal ist es Ttog, der wegen des Höhenunterschieds humpelt, während Natas mit dem neuen Absatz ein helles Klicken macht, dem stets ein dumpfes Aufsetzen mit dem Huf folgt. Sich aneinander festklammernd, rezitieren sie weiter)

„Schwarze Milch der Frühe wir trinken dich nachts,

wir trinken dich mittags der Tod ist ein Meister aus Deutschland"

(Danach lösen sich ihre Arme aus dem Tanz; sie kehren zu ihren Hockern zurück und treten diese polternd um. Die Zuschauer sind entzückt, springen von ihren Sitzen auf und recken die Daumen nach unten. Noch einmal treten der heftig schwankende Ttog und der klickende und stampfende Natas an den Bühnenrand, verbeugen sich leicht und sprechen ein letztes Mal)

„dein goldenes Haar Margarete

dein aschenes Haar Sulamith"

(Der Vorhang fällt. Die junge Zuschauerin verlässt das „Théâtre d'existence", ohne durch ihren Beifall den beiden Künstlern weiter zu huldigen. Sie scheint in großer Eile zu sein, als müsste sie jemandem von dem Geschehen sofortige Mitteilung machen)

…

El Brujito, der vom Leben so bitter enttäuschte Zauberer, besteigt den lehnenlosen Hocker in seinem ansonsten spärlich möblierten Anderthalbzimmer Apartment. An dem Haken, wo sonst die Glühbirne hängt, befestigt er ein starkes Seil, bindet den Knoten und legt sich die Schlinge um den mageren Hals. Dann zieht er sie probeweise zu, scheint zufrieden. Um seine Gelenke klicken jetzt die Handschellen, und er lässt sie fest einrasten, damit er sich nicht in letzter Minute anders besinnen kann. Noch ein kurzes Verschnaufen, ein schweifender Blick hin zum spitzen Zauberhut auf dem Pappsarg, dann kickt er den Hocker unter sich weg. Das sprechende Kaninchen hat er zuvor in die Welt nach draußen entlassen.

Doch lange kann sich das Tier seiner Freiheit nicht erfreuen, denn als es die Straße zum Théâtre d'existence hinuntergehoppelt kommt, wird es von Bruja, der jungen Zuschauerin, derb hinter den Ohren gepackt. Sie herrscht es an:

„Was machst du hier, du nichtsnutziges Kaninchen? Bist du deinem Herrn jetzt ebenfalls weggelaufen? Wo befindet sich El Brujito?"

Statt zu antworten, knödelt das Kaninchen vor lauter Furcht. Bruja schüttelt es, dass es laut quietscht.

„Sprich endlich, du treuloses Tier! Sag sofort, wo dein Meister ist und was er treibt, sonst, das schwöre ich, werde ich dein Fell abziehen und dich braten, obwohl ich Vegetarierin bin!"

Das Kaninchen hustet, weil ihm der Hals von dem Würgegriff schmerzt, und enthüllt der entsetzten Bruja, dass der Zauberer ihn habe gehen lassen, weil dieser den Freitod suchen wolle. Mit einer Geste von Abscheu schleudert Bruja den sprechenden Hasen weit von sich. Er fällt zu Boden, rappelt sich auf und rennt zwischen den Füßen der herausströmenden Zuschauer hinein ins Theater, wo Natas und Ttog sich gerade in ihre Garderoben begeben haben.

Inzwischen eilt Bruja zu El Brujitos Wohnung, deren Eingangstür sie mit einem Fußtritt öffnet. Als sie den von der Zimmerdecke baumelnden El Brujito sieht, ist sie sofort bei ihm und schiebt den umgestoßenen Hocker wieder unter dessen Füße. Dann lockert sie ihm die Schlinge um den Hals, nimmt sie aber nicht ab. Nach einer Weile schlägt El Brujito die Augen auf, scheint sich bereits im Jenseits gewähnt zu haben. Ein heftiger Hustenanfall durchschüttelt seinen Körper, als die frische Luft wieder durch seine Lungen strömt. Bruja steht vor ihm, betrachtet seine läppischen Versuche, mit dem Problem der zurückgegebenen Existenz fertig zu werden.

„Warum hast du das getan?"

Beide stellen einander fast zeitgleich dieselbe Frage. Wie ein fahles Echo schwingt sie zwischen ihnen hin und her. Bruja spricht zuerst:

„Ich habe lediglich deine Entscheidung zu sterben rückgängig gemacht. Du hättest es ja nicht mehr gekonnt. Wenn du es mir vernünftig begründen kannst, warum du das tun wolltest, dann ziehe ich den Schemel wieder unter dir weg, damit du deine Ruhe hast. Doch erst will ich deine Erklärung hören."

El Brujito realisiert erst jetzt, um wen es sich da vor ihm handeln muss. Es ist die kleine Tochter seines Vermieters, doch sie ist gealtert, fast um zehn Jahre. Sollte dies ein Trick sein, den er noch nicht kennt? Das muss er jetzt wissen! Vergessen ist die Lage, in der er sich befindet. Seine berufliche Neugier überwiegt. Aus seinem noch geschwollenen Hals krächzt er daher die Frage:

„Wie hast du das gemacht? Du kannst doch kaum älter geworden sein."

Bruja rückt ein wenig an dem Hocker, damit er bequemer darauf stehen kann, antwortet dann, als sei sie der Illusionist und nicht er:

„Ich bin keineswegs älter geworden, du siehst mich jetzt nur anders. Deine Augen haben in jenes Loch geblickt, in welchem das Gute und auch das Böse verschwunden sind. Deine Augen sind älter geworden, weil dein Leben scheinbar orientierungslos geworden ist und du nicht mehr an eine Lösung für deine Sorgen glaubst. Ich dagegen bin gekommen, um mein Angebot an dich zu erneuern, mich von dir als Jungfrau zersägen zu lassen."

Bruja spricht so ernst und altklug, dass er unwillkürlich lachen muss. Mit der Schlinge um den Hals sieht es aus, als recke er seinen Kopf aus irgendeinem Loch inmitten der Luft. Bruja lacht mit, so sehr amüsiert sie diese Vorstellung. Dann freilich erklärt El Brujito kategorisch:

„Ich zersäge keine kleinen Mädchen! Dich nicht und auch keine anderen. Nie wieder hörst du! Die Leute wollen so etwas nicht mehr sehen, das ist einfach nicht zeitgemäß. Und deshalb ist auch meine Uhr abgelaufen. Ich bin nicht länger der Zauberer, den du kanntest!"

Mit seinen letzten Worten stößt El Brjito den Hocker um und baumelt wieder frei in der Luft. Bruja betrachtet ihn eine ganze Weile, wartet auf eine Veränderung in seinen geöffneten Augen. Dann spricht sie erneut:

„Unzeitgemäß sind nur solche Uhren, die zu langsam oder zu schnell gehen. Die Stunde der wahren Illusionen hat geschlagen. Die neue Zeit schert sich nicht um Gut und Böse. Sämtliche Werte werden so lange umgewertet, bis Qualität und Quantität ununterscheidbar geworden sind. Sie will leben, diese neue Zeit, vor allem aber erleben! Gleichgültig, was es kostet und wohin es führt. Es muss nur fesseln, bannen, faszinieren. Die neue Zeit will echtes Blut sehen, welches zu ihrer Lust vergossen wird. Und du wirst ihr Vollstrecker sein, El Brujito!"

Ein weiteres Mal schiebt sie dem Strangulierten seinen Hocker unter die Füße, tadelt ihn:

„Glaube nicht, dass ich mir noch einmal die Mühe mache, dir dein Halsband zu lockern, wenn du weiter so borniert hier baumeln willst. Du wirst dir gefälligst auch von kleinen Mädchen helfen lassen! Ich bin keine Jungfrau, war nie eine und werde niemals eine sein. Hier!" Sie öffnet ihr Kleid, darunter steckt nur ein Skelett. „Hier!" Ihre rechte Hand beschreibt einen Halbkreis. „Hier befände sich mein Becken, unberührt und ohne Freude! Und über meinen Rippen musst du dir die Brüste denken, wie sie leerer und nutzloser nicht sein können. Genau dort wirst du sie mit deiner Säge durchtrennen! Ich werde dir exakte Anweisungen geben, wo du schneiden musst. Alles wird per Video aufgezeichnet. Danach werden die Internet-User dich und deine schreckliche Säge über alle Maßen lieben. Der psychorealistische Effekt wird überwältigend sein. Mit ihren Downloads werden sie dich zum Superstar küren und zu einem reichen Mann machen."...

... Der Raum ist in ein bleiches Licht getaucht. Alles steht zur Vorführung bereit: etliche Surround-Kameras und tausend Mikrofone - die Monitoraugen und Klangohren einer virtuellen Arena. Säge, Sarg und die Skelettfrau Bruja liegen und warten. Nur El Brujito, der Meister, lässt sich noch nicht sehen. Ihm ist mulmig zumute, nachgerade schlecht. Düstere Vorahnungen martern ihn. Hat Bruja denn die Wahrheit gesagt? Kann er sie auch wirklich nicht töten? Will sie sich einmalig für ihn opfern, damit er durch die blutige Realität reich wird? El Brujito steht so unentschlossen und ratlos wie damals bei der letzten Aufführung mit dem sprechenden Kaninchen und der verrückten Taube, als so ziemlich alles daneben lief.

Währenddessen betreten Natas und Ttog den Vorführungsraum. Beide tragen ihre üblichen Gewänder, der eine den schwarzen, langen Mantel, der bis zum Bocksfuß reicht; der andere seine superkurze Tunika mit den glänzenden Strumpfhosen und den rosa Pumps. Ttog blickt sich verwundert um:

„Was ist denn hier los? Ein Sarg? Brennende Kerzen? Da scheint jemand gestorben zu sein."

„Nein, nein, du irrst", korrigiert Natas, „hier ist noch alles sehr lebendig."

Er lacht meckernd über seinen Scherz, doch Ttog hört nicht so genau hin. Deshalb entgeht ihm auch der Unterton in dessen Lachen. Neugierig wendet er sich zum Sarg, der auf zwei mächtigen Holzböcken ruht. Spielerisch nimmt er die Säge auf, betrachtet genau das breite Blatt mit seinen geschränkten Zähnen. Natas steht neben ihm:

„Mit diesem schicken Spielzeug schneidest du in den Sarg hinein und vollführst einen verdammt guten Zaubertrick. Hier, an dieser Stelle musst du ansetzen, damit die Jungfrau darin auch wirklich in zwei Hälften zerteilt wird! Alle werden dir zujubeln und deine große Kunst bestaunen. Nach dem Scheitern deiner Schöpfungsidee kannst du ein wenig Zuspruch und Applaus wirklich sehr gut brauchen."

Geschmeichelt und ohne weiteres Nachdenken oder Nachfragen setzt Ttog das scharfkantige Metall an und beginnt zu sägen. Butterweich dringen die Zähne in den Pappkarton, sperren nur einmal kurz, als sie auf festeren Widerstand treffen, und fressen sich dann weiter nach unten. Derart ist Ttog von seiner Arbeit fasziniert, dass ihm das Gurgeln, welches aus dem Sarg dringt, völlig entgeht. Dann ist er durch, zieht die Säge zurück und blickt zufrieden und Beifall heischend auf den grinsenden Natas.

„War ich nicht gut?"

Inzwischen hat sich El Brujito entschieden, die Show definitiv abzusagen. Wohl ist ihm bei dieser Art der Darstellung ohnehin nie gewesen. Als er den Raum betritt, um Bruja aus dem verschlossenen Sarg zu befreien, sieht er zwei Gestalten davor stehen, die fröhlich miteinander scherzen. Ein Gefühl von banger Vorahnung beschleicht ihn:

„Was treibt ihr hier?"

Ohne jedoch die Antworten abzuwarten, ist er am Sarg, entriegelt ihn hastig und blickt auf Bruja. Wie von Sinnen reißt er Ttog die Säge aus der Hand.

„Du hast sie getötet, du elender Dilettant!"

Zuerst will Ttog alles abstreiten, weil er nicht versteht, worum es in Wirklichkeit geht. Doch El Brujito zeigt ihm die Säge, deutet auf das blutige Blatt:

„Hier! Das ist Blut! Ihr Blut! Ermordet durch deine Hand! Und lüge nicht, denn auf deiner Strumpfhose zeigen sich Blutflecke!"

Endlich kapiert Ttog, winkt ab, breitet theatralisch seine Arme aus und deklamiert:

„Gräme dich nicht länger, alter Mann! Nichts leichter als das! Ich werde deine kleine Freundin wieder von den Toten auferstehen lassen!"

Ttog tritt an den Sarg, richtet seinen Blick hinein, doch Natas unterbricht das Ritual:

„Das wirst du nicht, denn du kannst es nicht mehr! Aus Omnipotenz ward Impotenz! Deine Fähigkeiten aus früher Zeit und anderer Welt sind obsolet geworden, denn heute herrscht hier eine neue Macht. Sieh her!"

Natas schaltet die Monitore ein. Auf den Bildschirmen ist die Zersägung der Bruja gestochen scharf abgebildet. In dreidimensionaler Bildqualität ist zu sehen, wie ihr Brustkorb durchtrennt wird und der Kopf haltlos zur Seite fällt. Natas erklärt dem völlig verwirrten Ttog, an welchem Ort er sich in Wahrheit befindet:

„In dem Augenblick, als du sägtest, wurde das in Echtzeit übertragen. Was aber einmal getan und ins Netz gestellt ist, wird irreversibel und bleibt dort bis in alle Ewigkeit. In deiner versunkenen Welt, Ttog, vermochtest du, Tote zum Leben zu erwecken, doch im World Wide Web gelten veränderte Gesetze. Deine Tat wurde hundertmillionenfach angeklickt und heruntergeladen. Sie ist für immer vollbracht! Der Mausklick ist in sich selbst neutral, kennt weder Gut noch Böse. An die Stelle des Demiurgen ist der universelle Download getreten. Er wirkt weit mächtiger als alles, was vordem gewesen. Wir beide, Ttog, haben hier in diesem virtuellen Kosmos nichts mehr zu vollbringen!"

FRAU PROFESSOR LÄSST BITTEN

In dem großen, fensterlosen Raum ist die ganze Atmosphäre für denjenigen, der daran nicht gewöhnt ist, äußerst fremd und leicht unangenehm. Nicht so sehr die Kühle macht es, sondern das, was hier getrieben wird, wirkt wenig appetitlich und verursacht ein Frösteln. Doch vielleicht ist Frösteln nicht ganz der richtige Ausdruck, eher ein inneres Erschauern. Etwa so, wie wenn ein Käuzchen des Nachts auf dem Friedhof klagend ruft. Dabei ist der Raum von der Helligkeit her alles andere als obskur und sinister, braucht sich vor seinem schattenlosen Kunstlicht niemand recht eigentlich zu fürchten. Jede Stelle auf dem blitzenden Metalltisch erscheint perfekt ausgeleuchtet. Natürlich hat das auch so zu sein, denn man muss gut und deutlich sehen können, was hier untersucht wird.

Zielstrebig und eifrig arbeiten zwei Hände unter den Deckenlampen. Sie sind durch feines Plastik geschützt, während sie mit einem silbrigen Band hantieren. Sorgfältig wird gemessen, mehrfach kontrolliert und danach das Ergebnis gar säuberlich in eine Datei eingelesen. Unglaublich professionell gehen diese Hände zu Werke, wissen genau, was sie da tun, erfüllen flink und völlig emotionslos ihre delikate Aufgabe. Große Vorsicht obwaltet, wenngleich nichts von Relevanz zu beschädigen wäre, denn der Mann, der hier nackt auf dem kühlen Metall des Tisches liegt, spürt nichts, zeigt keine Gefühle, weder innere noch äußere Erregung. Auch dann nicht, als die Frau Professor mit kundigen Fingern seine Genitalien millimetergetreu vermisst. Wie sollte oder könnte er auch, denn er ist mausetot. Allerdings verstarb er nicht an Altersschwäche in einem Bett, sondern in seinen Stiefeln, im Kampf Mann gegen Mann. Für ihn endete diese Auseinandersetzung negativ, und nun befindet er sich in den unterirdischen Gewölben der Gerichtsmedizin. Mit den Gerichten über der Erde kannte er sich besser aus, hat er doch als Verbrecher große Teile seines Lebens in diversen Haftanstalten verbracht. Indes haben die gewohnten Perspektiven gewechselt, das ungute Verhältnis von brutaler Gewalt und aggressiver Lust hat sich merklich verschoben. Nunmehr gehört die frühere Wildheit der Vergangenheit an. Man könnte sagen, dass der Mann endlich vernünftig geworden ist, jetzt still und geduldig erträgt, was Frauen ihrerseits heute mit ihm anstellen. Einst haben seine Hände die Frauen angefasst, ihnen solch furchtbare Schmerzen zugefügt, dass sie lange schreien mussten, ehe er sie zum Schweigen brachte. Aber der Mann hat nichts zu fürchten, denn die Frau Professor ist kein Racheengel. Für sie spielt es nur eine untergeordnete Rolle, dass er kurz vor seinem Tod noch eine Frau vergewaltigt und ermordet hat. An derlei Delinquenz legt sie andere Kriterien an, denn sie ist Wissenschaftlerin und keine moralische Oberinstanz. Das zeigt sich bereits darin, dass eine Strafrichterin nicht unbedingt Interesse daran hätte, Umfang und Gewicht seiner Hoden bestimmen zu wollen. Eben so wenig würde sie nach irgendwelchen signifikanten hormonellen Fingerabdrücken in Kopf und Körper toter Männer forschen. Exakt solches aber unternimmt Frau Professor Dr. Dr. Hildegard Höll, wenn sie den Verstorbenen mit einer Flex die Hand abtrennt, um diese sodann in eine eigens von ihr entwickelte Maschine zu spannen, welche die Druck- und Würgekraft der Finger misst, wie sie auf das Opfer eingewirkt haben mussten. Der Vorgang des Sezierens ist frei von Hass oder sonstigen Triumphgefühlen, denn dies wäre entschieden fehl am Platze. Ihre Wissenschaft ist grundlagenorientiert, kühl-rational und damit ausschließlich kognitiv. Der tote Mann ist lediglich Untersuchungsgegenstand, wenngleich – mutatis mutandis – auch Objekt einer besonderen, profunden Begierde. Die Frau Professor verlangt danach, in die komplexen Abläufe zu blicken, will dort die Interdependenzen verstehen lernen. Aus den derart gewonnenen Erkenntnissen will sie deduktiv ableiten, wie einflussreich visuelle Reize über die Neurotransmitter auf das Handeln von Vergewaltigern und Mördern einwirken. Ihr erklärtes Ziel ist die klassische Isolation des Tätervirus. Einzig darin ist sie wahrhaft leidenschaftlich. Deshalb zittern weder Skalpell noch Bohr- und Schraub-werkzeuge in ihren Händen. Entsprechend emoti-onslos diktiert sie ihrer Assistentin:

„Normalmaß von Penis und Hodensack. An der Eichel kleinere Abschürfungen über die gesamte obere Fläche. Fast will es mir scheinen, als habe jemand mit einer Art Feile daran gearbeitet. Ent-weder hat er sich das selbst zugefügt oder aber es ist durch Fremdeinwirkung geschehen. Hatte er vielleicht einen Testosteron-Schub, dem er nicht anders gewachsen war? Führte dieses Verlangen nach Triebabfuhr möglicherweise dazu, dass er diese letzte Vergewaltigung nahezu unfreiwillig vorgenommen hat? Sein Opfer, das wissen wir aus dem Obduktionsbericht der Kollegen, war weder besonders gut aussehend noch sonderlich jung. Was also treibt einen virilen Mann dazu, sich an einer hässlichen, alten Frau sexuell zu vergreifen?"

Die Frau Professor kichert über ihren frivolen Aperçu, fügt eine eher rhetorische Entschuldigung an:

„Wenn sie mir meine etwas lockere Aus-drucksweise verzeihen wollen, liebe, junge Kolle-gin. Aber genau das ist es, was wir immer noch nicht verstehen: Wer oder was löst diesen mächti-gen Impuls letztendlich aus?"

Die so angesprochene Assistentin zeichnet die von ihrer Chefin erhobenen Daten auf, ist keineswegs pikiert von deren skurrilen Humor, sondern stellt ebenfalls nüchtern und sachlich fest:

„Wenn er Schrammen auf seiner Eichel aufweist, dann erhebt sich doch die Zusatzfrage, ob er sie bereits vorher oder erst danach hatte. Vielleicht sollten sie da mal genauer hinschauen, Frau Professor. Möglicherweise enträtseln wir auf diesem Wege den Grund, warum er die alte, hässliche Lady hinterher auch noch so schlecht behandelt hat."

Frau Professor lacht jetzt glucksend, tadelt aber ein wenig:

„Wenn sie solche Scherzchen machen, meine Liebe, könnte mir das Messer ausrutschen und das ganze Dings wäre futsch. Im Übrigen gilt: Quod licet Jovi, non licet bovi!"

Die Assistentin lässt sich nicht davon einschüchtern, was nur der Professorin erlaubt, ihr jedoch verwehrt sei, und repliziert ebenso keck wie abgebrüht:

„Ja, ja, ich weiß. Aber noch hantieren sie ja nur mit dem Maßband, Frau Professor. Warten sie mal ab, wenn sie nachher wirklich das Skalpell führen und ich ihnen erzähle, wie ich neulich meinem Freund einen ganz speziellen Liebesdienst erweisen musste. Und der lag längst nicht so ruhig da wie unser kleiner Vergewaltiger hier!"

Wortlos grinsend wickelt Frau Professor Höll das Maßband vom Scrotum, schiebt stattdessen eine Feinwaage darunter und gibt die Wiegedaten an ihre Assistentin weiter. Während diese noch rechnet, greift die Professorin tatsächlich nach dem Skalpell und öffnet die Hoden.

„Was ist das denn, verdammt?"

Ihr Erstaunen ist groß, zu unerwartet kommt die Entdeckung:

„Das müssen sie sich mal ansehen, meine Liebe! Dieser gute Mann hier kann gar nicht der Vergewaltiger der garstigen, alten Lady gewesen sein. Und wenn er das nicht konnte, kann er ebenso wenig nachträglich zu ihrem Mörder geworden sein. Da ist etwas oberfaul in den polizeilichen Ermittlungen!"

Sie ist ziemlich erregt, was sonst überhaupt nicht ihre Art ist.

„Schauen sie mal rasch in die Datei dieser alten Frau! Dort müssten wir eigentlich die Informationen finden, wie die Kollegen die Spermien bestimmt haben. Wenn ich mich recht erinnere, waren die damals putzlebendig, während bei unserem Kandidaten hier tote Hose herrscht."

Sekunden später hat die Assistentin die File aufgerufen und bestätigt den Verdacht ihrer Chefin:

„Die Spermien des Vergewaltigers, die man in der toten Frau gefunden hat, waren extrem schnell und durchaus zeugungsfähig."

Die Professorin wirft das Skalpell achtlos auf den Tisch:

„Was seine Spermien jetzt mit Sicherheit nicht mehr sein können, weil es einfach keine mehr davon gibt! Unser Freund hier hat eine Vasektomie hinter sich und kann, selbst wenn er sich noch so anstrengte, nichts und niemanden mehr befruchten. Seine Samenleiter sind durchtrennt, umgeklappt und fest vernäht. Da schmuggelt sich auch keine einzige Spermie vorbei. Weder heimlich noch unheimlich. Himmel, wir haben den falschen Mörder obduziert. Separieren sie sofort den Datensatz, damit er uns die bereits gefundenen Ergebnisse nicht verwässert. Wenn er die Tat nicht begangen haben kann, dann ist er für uns völlig unwichtig."

Wie bereits erwähnt, ist die Frau Professor keine Richterin, die über das gerechte Strafmaß nachsinnt. Für den Täter empfindet sie ebenso wenig wie für das Opfer. Beide sind ihr gleichgültig. Vielmehr ist ihr Anliegen ein streng fachliches. Ihre Zielsetzung als Wissenschaftlerin ist keine geringere, als dass sie alles herausfinden will, was Männer antreibt, über Frauen herzufallen. Alles und jedes! Von außen wie von innen! Dazu muss sie diese Männer bis in die allerfeinsten Nervenfasern hinein verfolgen, in den neurologischen Netzwerken surfen und die biochemischen Reaktionen herausdestillieren. Deshalb ist sie nicht bloß Gerichtsmedizinerin, sondern Neurologin obendrein. Das Thema ihrer Habilitation beschäftigte sich mit den direkten und indirekten hormonellen Phänomenen im Neuronengeflecht des gewalttätigen Mannes. Oder: „Was geht ab in dieser Höllischen Testosteronmaschine", wie sie salopp anzumerken pflegt.

Tatsächlich strebt die Frau Professor danach, wirklich alles zu wissen. Über die großen Erregungszustände im Vorfeld ebenso wie über die winzigen, sensiblen Details bei der manifesten Durchführung. Dieser Zweck heiligt ihr jedwedes Mittel. Vor ihrer jungen Mitarbeiterin doziert sie deshalb wie in einem Hörsaal:

„Nachdem ich dem Probanden zugesagt hatte, seine erotomanen Phantasmagorien vollständig zu erfüllen, vermochte ich mittels des Sexualenzephallogramms einen steilen Anstieg seiner Virilität zu beobachten. Es war überdeutlich zu erkennen, wie sich die Erregungszustände über den ganzen Körper ausbreiteten. Phänomenal! Nur auf mein bloßes verbales Angebot hin! Da müssen die hormonellen Botenstoffe gleich literweise ausgeschüttet worden sein. Unglaublich! Was passiert da erst, wenn er die Vergewaltigung realiter durchführt? Sensationell! Kindchen, wir sollten uns diese Gelegenheit keineswegs entgehen lassen. Wenn sie mitmachen und das tun, dann werden wir unserer Wissenschaft unschätzbare Daten liefern können. Bitte, Kindchen, überlegen sie es sich doch noch einmal!"

Und während die Frau Professor nicht nur nicht in ihren Bemühungen nachlässt, ihre junge Mitarbeiterin mit Bitten und Versprechungen zu überreden, sich für den live – Vorgang einer bewusst herbeigeführten Vergewaltigung zur Verfügung zu stellen, verstärkt sie sogar noch ihre Anstrengungen:

„Im Übrigen habe ich hier alles für sie aufgeschrieben. Sollten sie noch speziellere Details über ihren Vergewaltiger von mir benötigen, liebe, junge Kollegin, dann werde ich diese selbstverständlich noch nachzutragen wissen."

Dann lockt sie mit einem zusätzlichen Köder, der es ihrer Assistentin keineswegs leichter macht, das makabre experimentelle Ansinnen abzulehnen:

„Natürlich werde auch ich mich erkenntlich zeigen und mich für sie einsetzen, wenn es um ihre weitere wissenschaftliche Karriere geht."

Die Assistentin weiß genau, dass es nach ihrer Vergewaltigung durch einen dieser extrem gefährlichen Triebtäter keineswegs ein „Weiterkommen" geben kann. Weder persönlich noch beruflich. Nach dieser inszenierten Vergewaltigung wird sie genau so tot sein wie diese alte, hässliche Frau, die man erst neulich obduzierte, um an das für die Forschung so wertvolle Sperma zu kommen. Nach dieser von der Frau Professor verordneten Vergewaltigung wird sie kaum besser aussehen als die Alte. Mit weit aufgerissenen Augen und verdrehten Gliedmaßen! Danach wird sie selbst hier auf diesem Tisch liegen und Material für eine Wissenschaft liefern, die keinerlei Mitgefühl oder Skrupel kennt. Also muss sie ihre Chefin weiter hinhalten, doch das wird ihr nicht mehr lange gelingen, denn die Professorin ist eisenhart, was die Durchsetzung ihres Willens betrifft. Angesichts dieser wenig erfreulichen Zukunftsaussichten versucht die Assistentin, von dem Kernthema erst einmal abzulenken:

„Haben sie auch nicht vergessen, mir diese Prostituierte zu besorgen, von deren Kenntnissen über Männer ich mir einiges zu versprechen hätte?"

„Wie könnte ich denn das vergessen, Kindchen?", erwidert die Frau Professor leicht indigniert. „Besorgt und auch bereits bezahlt, meine Liebe. Sie wird morgen früh direkt nach ihrer Nachtschicht zu uns in die Praxis kommen. Ich habe mit ihr ausgemacht, dass sie möglichst viele männliche Proben mitbringt." Die Professorin kichert ob ihrer unkeuschen Worte. „Diese Prostituierte ist zwar noch sehr jung - wesentlich jünger als sie, Kindchen - aber unglaublich erfahren, wie sie mir versicherte. Sollten Informationen nicht hinreichend sein, so machte sie mir das Angebot, könne sie noch eine ältere Kollegin beibringen, die auf besondere Techniken spezialisiert sei. Bondage, Flagellation, Demütigungen und so weiter. Eben das ganze eklige Zeug, auf das viele Männer regelrecht abfahren."

Es bleiben der Assistentin nicht mehr viele Ausflüchte und Auswege, fast schon knickt sie ein:

„Gut, dann werden ich gleich morgen an der kundigen Hand dieser Rotlichtexpertin einen Rundgang durch die Unterwelten der Lüste miterleben dürfen. Männerphantasmagorien scheinen schier unerschöpflich zu sein. Lassen wir mithin unsere schwachen Östrogene gegen deren wilde Testosterone Fußball spielen und sehen, wer dabei das erste Tor schießt!" witzelt sie mit etwas galligem Humor. Insgeheim freilich setzt sie auf die winzige Hoffnung, dass es bloß kein Eigentor sein möge.

Der nächste Tag kommt und damit auch die angekündigte käufliche Dame. Sie ist ungemein kooperativ mit ihren Informationen über ihr Arbeitsgebiet, bietet sogleich an:

„Sie können mich alles fragen, was sie wollen, ich bin da keineswegs empfindlich."

Gerne nimmt die Professorin an, legt eine lange Liste vor:

„Wenn ein Mann zu ihnen kommt, der eine gewisse aggressive Ausstrahlung hat, was machen sie da?"

„Eigentlich mache ich erst einmal gar nichts, sondern beobachte ihn sehr genau. Wenn er brutal zu werden droht, kommt es sehr auf die Situation an. Auf jeden Fall versuche ich, ihn möglichst rasch zum, wie wir sagen, „Spritzen" zu bringen, um ihn abzukühlen. Was man aber keinesfalls tun sollte, das ist, Angst zu zeigen. Denn das gibt ihnen das Gefühl, Macht über dich zu haben. Dann beginnt es, richtig gefährlich zu werden, und sie tun dir Gewalt an. Dabei hilft dir auch kein Pfefferspray mehr."

„Warum, glauben sie, handeln diese Männer so?"

„Sie fühlen sich dir unterlegen, wollen zeigen, wer der Stärkere ist. Deshalb habe ich mir angewöhnt, sie nicht auf mir liegen oder hinter mir knien zu lassen. Wenn ich sie unter mir habe, behalte ich die Kontrolle, ohne dass sie es merken. Außerdem verhindere ich es so, dass sie versuchen, es heimlich noch mal zu schaffen. Ich besorg's ihnen so, dass sie es einfach nicht mehr können."

Die Professorin lacht:

„Sehr gut, wie sie das im Griff haben, Herzchen. Männer neigen zur Gewalttätigkeit, um ihre Minderwertigkeitskomplexe zu kaschieren. Aber das ist noch nicht alles. Sie sind zudem feige. Männer verspüren, neben ihrem sexuellen Drang, zugleich stets das Bedürfnis, zurück in den Schutz des Uterus zu kriechen. Dort suchen sie jene Geborgenheit, die sie im Arbeitsleben und in ihrer Rivalität untereinander nicht finden können. Der Geschlechtsakt ist demnach eine Flucht in das Innere der Frau. Da sie sich dessen natürlich nicht bewusst sind, aber ihre Unterlegenheit deutlich fühlen, werden sie leicht wütend und tendieren dazu, uns Frauen ihren Willen aufzuzwingen. Sie wollen uns dafür büßen lassen, dass sie eindimensional und simpel gestrickt sind. In meinen Studien bestätigt sich meine Theorie immer wieder aufs Neue."

Im Verlauf ihrer Erklärungen verfällt die Professorin zunehmend in eine für den Laien und schon gar nicht für eine brave Nutte nachvollziehbare fachspezifische Nomenklatur. Mehr für sich als für ihre Zuhörerin streut sie anscheinend wahllos Begriffe wie Aberrationen, Cerebralabnormitäten und Chromosomenanomalien ein, dass selbst ihre Assistentin Mühe hat, den akademisch strengen Ausführungen zu folgen.

Rechtzeitig noch besinnt sich die Professorin auf den eigentlichen Grund für den Besuch und ihren überforderten Gast und kehrt zu ihrem Fragekatalog zurück. Ohne weitere Abschweifungen wird jetzt zügig Punkt für Punkt minutiös abgearbeitet. Endlich ist man fertig; erschöpft lehnt sich die Prostituierte zurück, während die Professorin wie eine Maschine unter Volllast noch etliche Seemeilen dampfen könnte. Eine Nachtschicht mit wechselnden Männern erscheint ihr im Nachhinein weit weniger anstrengend als eine weitere Marathonsitzung mit dieser nimmermüden Wissenschaftlerin. Bevor sie dann geht, lässt sie noch die mitgebrachten Spermien zurück, die sofort in einer Zentrifuge separiert und dann im Spektrometer typisiert werden. Rasch wachsen die erstellten Datensätze im Zentralrechner, während die Frau Professor über ihren theoretischen Deduktionen brütet.

Da die von der Prostituierten gelieferten Proben sehr vielversprechend sind, wird auch die „Spezialistin" unter den käuflichen Damen noch zusätzlich gebucht. Auf die Frage nach der Herkunft der männlichen Aggressivität weiß jene zwar keine neuen Antworten, und auch die Erkenntnis, dass die Männer selbst geprügelt werden wollten, um in ihrem Berufsalltag hinterher noch härter und mitleidloser zuschlagen zu können, ist mehr als banal. Was aber für die Frau Professor wie für ihre Assistentin als überaus interessant erscheint, ist, dass diese diversen Spermien, von denen die Domina jeweils nur eine kleine Probe hat mitbringen können, weil zu viel Material „draußen" verloren gehe, allesamt unter dem Mikroskop signifikante Abweichungen zu den erstgelieferten Proben der jungen Nutte aufweisen. Freudig erregt doziert die Professorin:

„Die freudianische Psychologie macht die geringsten Ursachen in frühester Kindheit für die gewaltigsten Folgen im Erwachsenenleben des Menschen verantwortlich. Auch die gestörten Persönlichkeiten von Verbrechern, Diktatoren, Despoten und Tyrannen sind auf solch kleine Dinge zurückzuführen. In der analen Phase lernt das Kind bei der Defäkation zwischen Subjekt und Objekt zu unterscheiden: Das Ich bildet sich heraus. Männer mit anormalen Identifikationsverläufen schaffen das nicht, bleiben im Es verhaftet. Unter Auslassung der stabilen Ich-Findung suchen sie stattdessen nach einem entsprechenden Über-Ich, welches ihnen angeblich befiehlt, ihre Aggressionspotentiale noch zu steigern. Nach dem Besuch bei einer Domina haben sich diese ich-schwachen Männer aber nicht mit positiver Energie über die vorangegangene Triebabfuhr aufgeladen, sondern sie verdoppeln dadurch lediglich ihre bereits vorhandenen Frustrationsparameter."

Die SM-Spezialistin, als Frau der zupackenden Praxis, zeigt sich von den gelehrten, theoretischen Ausführungen äußerst beeindruckt. Das freut wiederum die Frau Professor und sie fährt fort in ihrem wissenschaftlichen Exkurs:

„In der Nosographie unterscheiden wir zwischen Neurosen, Psychosen, Perversionen und psychosomatischen Affektionen. Welche der Ausformungen bei einem Mann jeweils konkret vorliegt, bedarf der individuellen neurologischen Hinterfragung. Was jedoch nach meiner Theorie als leidlich gesichert gelten kann, ist, dass Männer durch ihre Spermien auf den entsprechenden Typus hin determiniert werden können. Diese Bestimmung gelingt uns mittels Destillation und Isolation des Archetypus, verehrte Frau Domina, und wenn es sie interessiert, werde ich sie gerne an unserer Arbeit im Labor teilhaben lassen."

Triumphierend verkündet danach die stolze Professorin ihre zentrale These:

„Eine ganze Armee von Feiglingen im ungeordneten Rückzug. Was diese Spermien antreibt, ist weniger der Trieb, sich mit uns fortzupflanzen, sondern vielmehr uns zu entkommen. Sie fliehen vor jener archaischen Weiblichkeit, aus der heraus sie geboren worden sind. Und da sie bei diesen Fluchtversuchen zwangsläufig scheitern müssen, wollen sie uns als Frau und Mutter zerstören, weil ihr schwaches Ich diese Dauerkonfrontation nicht aushalten kann. Folglich sind ausnahmslos alle Männer nur verschieden krank!"

Das ist Wasser auf die Mühle der atemlos lauschenden Domina; die Frau des Geistes reicht der Frau des Leibes die schwesterliche Hand. Doch sofort, nachdem letztere entlohnt worden und wieder gegangen ist, kommt die Professorin auf ihren ursprünglichen Wunsch an die Assistentin zurück:

„Wir benötigen kein weiteres Material mehr, Kindchen. Das hier sollte genügen. Wenn wir jedoch unsere Theorie absichern wollen, liebe, junge Kollegin, brauchen wir jetzt ebenfalls physische Männer. Diese käuflichen Frauen kennen ihre Kunden ausschließlich von außen, aber selbst darin sollten wir Wissenschaftlerinnen ihnen überlegen sein. Zudem können wir diese Spezies in aller Ruhe vermessen, sezieren und analysieren, dabei ihre neuralgischen Punkte aufzeigen und daraus unsere Schlüsse ziehen. Doch was diese Männer wirklich in jenen Augenblicken, in denen sie Frauen vergewaltigen oder töten, verspüren, das entzieht sich leider immer noch dem Skalpell der Ratio. Deshalb, und daran führt bedauerlicherweise kein Weg vorbei, müssen wir zur finalen Präparation greifen und den Akt der Vergewaltigung inklusive der nachfolgenden Tötung an uns selbst erleben und dabei detailgenau aufzeichnen. Schließlich sind wir unserer Wissenschaft dieses Opfer schuldig. Sind sie dazu bereit, liebe, junge Kollegin?"

Ob sie bereit sei, sich erst vergewaltigen zu lassen, um danach auch noch sterben zu müssen? Welch ein furchtbares Ansinnen! Seitens der Professorin ist es auch keine echte Frage, sondern ein unausgesprochener Befehl. Aus leidvoller Erfahrung weiß die „liebe, junge Kollegin" allerdings auch, dass die Professorin keinen Spaß versteht, wenn ihren als rhetorische Fragen formulierten Anweisungen nicht augenblicklich Folge geleistet wird. Für sie würde eine Verweigerung das Ende ihrer eben erst begonnenen wissenschaftlichen Karriere bedeuten. Jetzt ist der Punkt erreicht, da es gilt, eine sorgfältige Güterabwägung vorzunehmen, d.h., zwischen Teufel und Beelzebub zu wählen. Das alles entscheidende Entweder-oder. Ein Dazwischen gibt es nicht!

Oder vielleicht doch? Entspricht diese vertrackte Entscheidung, zwischen zwei Mühlsteinen zermahlen zu werden, nicht genau jener Wahl, die jede Frau zu treffen hat, wenn sich zwei Männer gleichzeitig um sie bemühen? Sofort melden sich die weiblichen Instinkte der Assistentin. Könnte sie möglicherweise das, was sie selbst als Frau über die Männer aus eigenen Erfahrungen weiß, mit dem verbinden, was sie an wissenschaftlichen Erkenntnissen bei der Professorin erworben hat? Ließen sich aus der Theorie über den Doppelaspekt von Aggression und Angst irgendwelche Voraussagen ableiten, die es ihr erlauben würden, diesen Mann wieder aus ihrem Uterus herauszukatapultieren, bevor es zum Tötungsakt käme? Würde es ihr dabei gelingen, ihn während seiner brutalen Ekstase zu kastrieren? Vorteil aus Nachteil? Sie hätte überlebt und sich gleichzeitig der Professorin gegenüber loyal gezeigt. Zudem könnte man der Wissenschaft durchaus neue Erkenntnisse liefern und würde damit auch der eigenen beruflichen Laufbahn den entscheidenden Impuls gegeben haben. Nicht länger will sie die Professorin hinhalten; ihre stillen Überlegungen münden in die finale Entscheidung:

„Ja, Frau Professor, ich werde mich zur Verfügung stellen. Ich bin bereit!"

„Gut, gut, Kindchen. Ich wusste, sie würden mich nicht enttäuschen. Es wird ihr Schaden auch nicht sein. Umgehend werde ich alles Erforderliche in die Wege leiten lassen. Sie brauchen sich diesmal um rein gar nichts zu kümmern."

Inzwischen laufen sämtliche Vorbereitungen auf Hochtouren. Vorrangiges Ziel ist es, einen sexuell besonders aktiven Straftäter für das Experiment auszuwählen. Die Professorin findet ihn in der Anstaltspsychiatrie, welche dem Zentralgefängnis angegliedert ist. Ihr Proband, ein brutaler Vergewaltiger und Mörder, ist bereits vom Chefarzt eingeweiht. Als er der Professorin dann vorgestellt wird, kann sie ein gewisses Erschrecken nicht verbergen. Fast mit Gewalt müssen die aufkeimenden Gewissensbisse unterdrückt werden;

die Wissenschaft fordert ihren Tribut, und die Professorin zollt ihn ihr. Trotz seiner triebhaften Obsessionen und sexuellen Bildvisionen handelt es sich bei dem Mann um einen äußerst intelligenten Menschen. Genau dieser Cocktail macht ihn so extrem gefährlich. Dieses hochexplosive Gemisch aus niedrigsten Instinkten und zielführendem Impetus macht ihn für die Professorin zum idealen Beobachtungsobjekt. Ihr Angebot an ihn ist deshalb gleichermaßen verlockend: Im Auftrage der Wissenschaft darf er jetzt genau das tun, weswegen er verurteilt und weggesperrt worden ist. Solch ein Geschenk kann man einfach nicht ausschlagen. Er soll eine junge Frau zuerst vergewaltigen und danach töten. Einzige Bedingung dafür ist, dass er bei der Ausführung seiner Tat eine Art Haube auf dem Kopf trägt, die seine Gehirnströme misst; ein mobiles Enzephalogramm also. Nach erfolgreichem Abschluss muss er zwar wieder auf seine Station zurück, jedoch mit der Zusage, dass eine weitere gutachterliche Prüfung mit positivem Ausgang in Aussicht gestellt wird. Der Mann erbittet sich Bedenkzeit, gibt vor, so etwas einfach nicht wieder tun zu können, will bereits im Vorfeld Pluspunkte für das spätere Gutachten sammeln. Die Frau Professor ist entzückt. Besser hätte sie es nicht treffen können. Ein Spieler, der die Begehrlichkeit leugnet, obgleich es ihn mit aller Macht zum schieren Fleischlichen zieht; er will überredet werden. Erst nachdem die Professorin ihm explizit und plastisch die Vorzüge ihrer Assistentin geschildert und ihn im Namen der Wissenschaft erneut um seine Mitwirkung gebeten hat, sagt er, fast widerwillig, wie es scheint, endlich zu. Frau Professor werde ihn persönlich auf seine schwere Aufgabe vorbereiten und auch danach psychologisch betreuen müssen, um mögliche posttraumatische Folgeschäden zu mildern. Der „harte Harald", wie er genannt wird, kann es nur bedingt fassen, dass er sogar doppelt entlohnt werden soll. In seinem dichotomen Weltbild zeigen sich Erschütterungen und tiefe Risse. Hat sich während seiner Haftdauer etwas Grundsätzliches in der Gesellschaft getan, vielleicht ein Paradigmenwechsel stattgefunden? Hat man endlich erkannt, dass ein Frauenleben eigentlich nichts wert ist? Als die Professorin geht, kann er sich nicht enthalten, ihr noch nachzurufen, dass er seine schwere Aufgabe zu ihrer vollen Zufriedenheit erledigen werde. „Für alle Vögel gibt es Lockspeisen", freut sich die Frau Professor.

Für die junge Assistentin dagegen stellt sich die Entscheidungsfrage weitaus fundamentaler als für den harten Harald. Ihr bleibt nur die Option, möglichst pragmatisch an die Sache heranzugehen. Wer das Risiko scheut, wird niemals zu existentiellen Einsichten gelangen können. Oder, anders formuliert, man muss dem Untersuchungsgegenstand „Mann" neurophysiologisch tief in sein Stammhirn blicken. Da, wo seine Anomalien zu

Hause sind, seine Gier auf sofortige und unbedingte Triebbefriedigung ihren wahren Ursprung hat. Die junge Assistentin wäre nicht Wissenschaftlerin genug, wenn sie nicht die absolute Notwendigkeit für dieses gefährliche Experiment einsehen würde. Das subjektive Sein darf darin keine Rolle spielen. Wenn sich die vielen großen Wissenschaftler mit ihren mutigen Selbstversuchen aus Furcht vor den Folgen geschont hätten, würde fast die gesamte Grundlagenforschung auf der Strecke geblieben sein. Bedeutende Erkenntnisse können eben nur durch ebenso gewagte, persönliche Einsätze erreicht werden. Dennoch ist Astrid, unsere freiwillige Probandin, keineswegs bereit, verfrüht zu sterben, um damit allzu willfährig der Professorin den alleinigen Nachruhm zu hinterlassen. Dennoch will sie die riskante Gratwanderung wagen, den Königsweg zwischen dem Gelingen des Experiments und ihrem eigenem Überleben gehen. Deshalb wird auch sie Vorkehrungen treffen für den Zeitpunkt, wenn der harte Harald, von dem sie bislang nichts Konkretes weiß, nach ihrem Körper greifen will, um ihn zu missbrauchen und zu zerbrechen.

Ein weiteres Vorgespräch mit Harald soll der Frau Professor erste, relevante Aufschlüsse geben. Sie versucht damit, eine psychographische Rohskizze dieses Mannes zu zeichnen, stellt eine Reihe von Fragen:

„Warum haben sie damals diese Frau nach der Vergewaltigung umgebracht? War es nicht das, was sie sich erhofft hatten? War es die Angst, dass sie zur Polizei gehen würde? Was fühlten sie, nachdem sie tot war? War das eine noch tiefere Befriedigung? War Sex hinterher anders? Kompakter? Greller? Noch verlangender? Haben sie Angst davor, es mit unserem Einverständnis nicht mehr so recht tun zu können? Oder gieren sie danach? Werden sie dieses Mal noch wilder und hemmungsloser vorgehen? Haben sie schon klare Vorstellungen, was sie alles von ihr wollen? Läuft der Film in ihrem Kopf bereits?"

Harald verzieht keine Miene, antwortet, wenn überhaupt, nur ausweichend und einsilbig, gibt sich leidenschaftslos, spürt selbst nun die Anspannung der Professorin.

„Kann ich ein Bild von ihr haben?"

Die Professorin kennt ihre männlichen Probanden nur zu gut. Würde sie ihm ein Bild von Astrid überlassen, wäre er am Tag dieses wichtigen Experiments vermutlich so verausgabt, dass er versagen könnte. Stattdessen soll er kochen, den Fortgang der Ekstase über sein tragbares EEG in all seiner Farbigkeit dokumentieren. Deshalb wehrt sie ab, lockt aber gleichzeitig:

„Ein Foto wird hier von der Wirklichkeit weit übertroffen. Sie können sie doch bald so richtig haben. Träumen sie! Lassen sie sich überraschen! Nur so viel: Sie ist außerordentlich hübsch, sehr weiblich und äußerst verletzbar, wenn sie verstehen, was ich meine."

Natürlich versteht der intelligente Harald, warum die Professorin ihm das Gesamtbild lediglich allgemein schildert, ihm aber die Details vorenthält. Er spricht es aus:

„Lassen sie mal, Frau Doktor! Sie denken, ich sei einseitig, wolle nur leichte Beute machen. Aber sie verstehen nicht, was ich wirklich will. Es ist etwas sehr anderes."

Sein Gesicht bleibt unbewegt, nur seine Augen weiten sich. Aufmerksam registriert die Professorin diese kaum merkliche Veränderung, hakt nach:

„Was genau ist es, Harald, was sie von ihr in diesem Moment wollen? Sagen sie es mir! Ist es Sex pur oder mehr? Wollen sie Widerstände bei ihr brechen? Verlangen sie nach höherer Qualität? Ich könnte ihnen stattdessen auch drei einfache Nutten besorgen."

Harald schüttelt den Kopf. Sie insistiert:

„Wollen sie sie zerbrechen? Gar ihre Seele morden? Wollen sie sich an ihr rächen? Werden sie danach zufriedener, sicherer sein?"

Als Harald beharrlich weiter schweigt, befeuert sie ihn:

„Gehen sie aus sich heraus, Harald! Nehmen sie keinerlei Rücksicht! Sie dürfen mit ihr machen, was sie wollen. Sie gehört ihnen ganz allein. Sie weiß von nichts. Überwältigen sie meine Assistentin an ihrem Arbeitsplatz! Genieren sie sich mit nichts! Aber sie müssen es mich wissen lassen, was sie wirklich dabei von ihr wollen und suchen!"

Doch selbst auf diese eindringlichen Appelle hin ist nichts Wesentliches mehr aus Harald herauszuholen. Dennoch zeigt sich die Professorin keineswegs enttäuscht. ,Wahrscheinlich weiß er es selbst nicht, macht sich nur wichtig', mutmaßt sie. ,Triebtäter sind eben keine Wissenschaftler! Aber wenn es soweit ist, wird er Farbe bekennen müssen. Er wird uns mitteilen, was in ihm vorgeht! Wir werden seine affektuösen Sprünge, Steilheiten und Schwankungskurven aus den Aufzeichnungen des Enzephalogramms isolieren und singularisieren, damit sich künftig in jedem Stadium des Vergewaltigungsaktes der weitere Verlauf widerspruchsfrei voraussagen lässt. Irgendwann werden wir jeden x-beliebigen Mann nur an eine Maschine hängen müssen, um seine bösen Absichten korrekt prognostizieren zu können!'

Einstweilen muss Harald wieder in die Geschlossene zurück, hat sich noch eine Weile zu gedulden, bis er gebraucht wird. Währenddessen sind die Formalitäten bezüglich seines Einsatzes allesamt erfüllt. Astrids notariell beurkundete Zustimmung liegt vor. Auch der zuständige Staatsanwalt erhebt keine Einwände. Der leitende Chefarzt der Anstaltspsychiatrie, Professor Dr. Hertl, ein enger Freund der Professorin, ist enorm gespannt auf dieses bislang noch nie dagewesene Experiment. Nach seiner Diagnose benötige der harte Harald kein zusätzliches Stimulans, verfüge über hinreichend viel triebhafte Energie, um die gestellte Aufgabe zur allgemeinen Zufriedenheit erledigen zu können. Beschwichtigend wendet sich die Professorin an ihre Assistentin:

„Meine Liebe, keine Angst! Dieser Mann wird wie eine gut geölte Maschine funktionieren! Da habe ich keinerlei Bedenken. Doch bei ihnen, Kindchen, scheint mir noch ein wenig Seelenmassage vonnöten. Ich weiß, dass dies für sie kein Spaziergang werden wird, aber unsere Wissenschaft schlendert eben nicht an irgendwelchen Schaufenstern vorbei, um triviale Erkenntnisse darin zu erblicken. Wir, als ihre Repräsentantinnen, haben eine hohe Berufsethik und werden unseren Zielen alles unterordnen. Dennoch spüre ich bei ihnen, liebe, junge Kollegin, dass sie möglicherweise, ahem, ich will nicht sagen, kneifen könnten, aber vielleicht nicht hundertprozentig das geben, was von ihnen erwartet wird. Eingestandenermaßen würde sie keiner um ihre delikate Aufgabe beneiden, aber ich muss sie daran erinnern, dass wir für sie das beste männliche Material besorgen konnten, das der Markt hergibt. Ich würde es selbstverständlich sofort für sie übernehmen, doch ich bin zu alt, um als Lockvogel Männer in Raserei zu versetzen. Deshalb bitte ich sie um eines: Wehren sie sich, das ist ihr gutes Recht, und zudem auch authentisch für dergleichen Situationen, aber verwehren sie es ihm nicht!"

Es ist geplant, die Tat im Institut selbst ablaufen zu lassen. Hier befinden sich alle erforderlichen Überwachungs- und Auswertungsgeräte. Ebenso ist der Täter vor Ort präsent, und insofern sind die Bedingungen für ein quasi klinisches Experiment idealiter gegeben. Die Laborräume sind vorbereitet, werden in blendendes, weißes Licht getaucht, um den Handlungsablauf der Vergewaltigung in sämtlichen Phasen detailgetreu abbilden und die finale Tötung wie unter einer großen Lupe mitverfolgen zu können. Trotz der eindringlichen Ermahnungen seitens der Frau Professor, sich der Wissenschaft und dem Manne gleichermaßen hinzugeben, hat Astrid nicht unbedingt Lust, darüber zu sterben. Eigene Vorkehrungen sind also insgeheim zu treffen.

Am Tage X ist es soweit. Harald betritt das Institutsgebäude. Auf seinem kahl geschorenen Kopf trägt er die sogenannte EEG-Mütze. Anders als beim normalen EEG sitzt sie wie festgeschraubt auf dem Schädel, kann auch bei heftigsten Bewegungen und Anstrengungen nicht verrutschen oder abfallen. Das muss garantiert sein, denn wer weiß schon im Voraus, wie genau es der harte Harald mit der weichen Astrid anstellen wird. Man hofft auf das Optimum.

Sämtliche Überwachungsstationen signalisieren Bereitschaft. Während Harald ohne jedes äußere Zeichen von Hast durch die Gänge streift, kann Frau Professor seine Hirnströme auf den Monitoren beobachten und bereits ansatzweise deuten. Seine Amplituden zeigen noch keinerlei signifikante Besonderheiten, steigen und fallen in einem steten Rhythmus. Anders dagegen bei Astrid. Ihr Blut hämmert in ihren Ohren; ihre Hirnströme, ebenfalls gemessen, schlagen wahre Purzelbäume. Sie steht gebeugt, wie befohlen, vor einem langen Arbeitstisch, auf dem irgendwelche Versuchsreihen aufgebaut sind. Selbstverständlich insgesamt gefälscht und vorgetäuscht, doch für den sich nähernden Harald soll alles möglichst natürlich aussehen. Seine Illusion muss sein, eine arglose Astrid bei der Arbeit zu überraschen. Sollte bei dem bevorstehenden Überfall auf sie etwas zerstört werden, dann spielt das nicht die geringste Rolle. Einziges Ziel dieser aufwändigen Anordnung ist es, für Harald und seine hochschießende Sexualität eine maximale Authentizität des Handlungsortes herzustellen. Die junge Frau soll ohne Vorwarnung an ihrem Arbeitsplatz von ihm gestellt werden. Er, Harald, darf alleine entscheiden, wann er losspringen und zupacken will. Ohne Zeitdruck soll er sich vorab ausgiebig an ihr weiden dürfen.

Astrid hingegen muss warten, gehorsam, passiv und scheinbar ahnungslos. Angestrengtes Warten, bis er hinter ihr, über ihr ist, stellt die undankbarste Rolle dar. Astrid kann ihr Zittern kaum noch unterdrücken. Krampfhaft hält sie sich am Tisch fest. Harald nähert sich der Tür zum Laborraum, seine Schritte sind deutlich zu hören. Astrid befühlt ihre Brust, fingert an den Trägern ihres BHs, als würde Harald seine fordernden Hände bereits dort platziert haben. Die Tür rollt auf; Astrid spürt den Luftzug unter ihrem Kittel. Wie von der Professorin vorausgesehen, verharrt Harald erst einmal, schnauft und taxiert die Beute mit Kennerblick. Seine Amplitudenströme auf dem Bildschirm verlaufen nun enger und steiler. Für die Professorin ist unschwer zu erkennen, dass seine Erregung mit jedem Atemzug, mit jedem lauerndem Blick auf Astrids Rücken, Po und Beine wächst. Die zahlreichen Überwachungskameras zeigen sein erhitztes Gesicht mit geöffnetem Mund. Ein Wimpernschlag noch, dann geht ein Ruck durch seinen massigen Körper, Harald greift an. Mit wenigen Schritten ist er bei Astrid, packt sie an den Schultern, reißt sie herum, presst sie auf den Labortisch und schon sind seine Hände unter ihrem Kittel.

So oder ähnlich hat Astrid diesen Überfall zwar erwartet, aber eben nicht in dieser Intensität vorgetragen, nicht mit dieser tierischen Wildheit. Ein Angriff, so machtvoll, gierig und brutal, dass es ihr den Atem nimmt und fast den Rücken bricht. Ihre schwächlichen Abwehrbewegungen, mit denen sie seinen drängenden Unterkörper zurückstoßen will, scheinen auf ihn wie ein aufputschendes Aphrodisiakum zu wirken. Haralds Bewegungen sind so entschlossen wie sein Wille. Astrid hat dem nichts entgegenzusetzen. Es ist derart überwältigend, als schlüge ein Vorschlaghammer auf sie ein. Astrid dünkte sich einigermaßen vorbereitet gegen seine Attacke zu sein, doch jetzt muss sie schreien, kann nichts als schreien, weil diese explosive Gewalt kein Halten, kein Erbarmen kennt. Ihr Körper krampft. Und während eine Kaskade von Schmerzen sie penetriert, zeigen beide EEGs mitleidlos entweder tiefe Wellentäler mit schmutzigen Schaumflocken oder steilste Bergspitzen neben scharfkantigen Abgründen. Frau Professor ist begeistert.

Astrid liegt mit ihrem Rücken auf den Labortisch genagelt. Mit einer achtlosen Bewegung seiner Hände hat Harald sämtliche Reagenzien, Kolben und Flaschen vom Tisch gefegt, hat für klare Verhältnisse gesorgt. Nach der ersten Überraschung, die sie in Paralyse hatte erstarren lassen, erwacht Astrid aus ihrem Gewaltkoma, beginnt, klarer zu sehen. Man muss ihr zugutehalten, dass sie die ungeheure Bewegungsenergie der stattfindenden Überrumpelung nicht hinreichend konkret und korrekt hatte antizipieren können, doch jetzt rechnet ihr wissenschaftlich geschulter Geist seine

Chancen parallel dazu durch, während ihr Körper erbebt. Haralds Hirnamplituden sprengen den Übertragungsbereich der Monitore. Die Professorin ist aufrichtig entzückt, hofft auf weitere, noch steilere Sprünge. Doch es kommt anders. Astrid verschlingt ihre Hände hinter Haralds Nacken und reißt seinen Kopf mit Gewalt herunter auf ihre Brust. Das spaltet seine Aufmerksamkeit, irritiert ihn. Besser hätte er dort die Luft angehalten, denn durch sein gieriges Schnaufen bekommt er so die volle Ladung des aggressiven Niespulvers ab, das Astrid dort in ihren Körbchen vorsorglich deponiert hat. Heftige Niesanfälle folgen; Haralds Amplitudenkurve fällt schlagartig nach unten. Frau Professor zeigt sich entsetzt. Mittlerweile hat sich Astrid unter dem Mann hervor gewunden und verschwindet im Nachbarraum, während der harte Harald noch mit seinen Niesreizen und Tränen kämpft.

Endlich ist die Nase wieder einigermaßen funktionstüchtig und die Suche nach der entsprungenen Beute kann beginnen. Der Monitor zeigt ein furioses Wut-EEG. In der Professorin keimt neue Hoffnung auf; sie interpretiert den lästigen Zwischenfall als letztlich nur die Gier steigernde Interimsphase. Sogleich verengen sich die Abstände zwischen den Amplitudenspitzen erneut, ein sicheres Indiz dafür, dass sich eine kolossale neue Triebenergie aufzustauen beginnt. Die „liebe, junge Kollegin" wird nichts zu lachen haben, wenn

Harald sie neuerlich zu fassen bekommt. Fast scheint es, als wünschte die Frau Professor, jetzt selbst an Astrids Stelle zu sein.

Astrid im Nebenraum, der keine weitere Tür des Entkommens aufweist, wartet in gespannter Ruhe. Nun, da ihr die gewaltige Machtübernahme bei der Vergewaltigung körperlich erfahrbar gemacht worden ist, setzt die rationale Verarbeitung der gesammelten Daten bei ihr ein. Sie darf ihn nicht zu nahe an sich herankommen lassen, muss die Sicherheitsdistanz unbedingt halten.

Harald kommt. Als er sieht, dass sie nicht fliehen kann, senden seine Hirnströme tiefe Befriedigung an die lauschende Professorin. Die Abstände zwischen den Spitzen der Amplituden bleiben vorerst konstant, während Harald die scheue Beute, etwas vorsichtiger geworden, eindringlich mustert. Natürlich zweifelt er keinen Augenblick daran, sie in Kürze wieder unter seine Kontrolle bringen, sie in seinen groben Händen halten zu können, um sie hernach nicht mehr unbeschädigt zu lassen. Aus Hybris unterläuft ihm dabei freilich jener verhängnisvolle Fehler, den so gut wie alle Männer bei Frauen machen: Sie verstehen nicht, dass das verfolgte Wild weitaus gefährlicher sein kann als der jagende Räuber. Selbst in der Erregung setzt ein Mann meist zielgerichtet und kopfgesteuert an, während die Frau reflexartig-archaisch antwortet. Wenn sich jedoch, wie bei der

Wissenschaftlerin Astrid, das feminine Stimulus-Response-Muster mit kühler Rechenhaftigkeit paart, dann wird die Frau selbst zur Waffe und damit unbesiegbar. Eben diese überraschende Erfahrung wird Harald sogleich machen, er muss nur erneut nach ihr zu greifen suchen.

Sein Testosteron treibt ihn gnadenlos vorwärts, erst im allerletzten Moment zuckt er zurück. Astrid zeigt ihm ein schmales, blitzend scharfes Skalpell. Sie droht nicht. Sie steht nur und schweigt. Normalerweise hätte Harald nicht für jenen Sekundenbruchteil gezaudert, Astrid sofort anzugehen, ihr die Waffe aus der Hand zu schlagen oder zu treten. Dennoch zögert er, etwas an ihrem Verhalten irritiert ihn. Aber seine Bedenkzeit hält nicht vor. Er kann nicht mehr warten, seine Triebe bestimmen sein Denken, überlagern die Vorsicht. Und weil Harald den ersten Fehler nicht korrigiert, begeht er sofort einen zweiten, den nur Männer machen können, die Frauen ausschließlich als Objekte ihrer Vorurteile wahrnehmen. Frauen könnten nicht kämpfen, müssten willig alles hinnehmen. Das mochte zutreffend sein für Frauen, die auf Jesus oder auf Kain warteten. Astrid hingegen verlangte es weder nach dem einen noch dem anderen. Stattdessen hält sie das geschliffene Messer in ihrer linken Hand, die anscheinend zittert. Angst vor der eigenen Courage? Unkenntnis im Gebrauch der Waffe? Wiederum liegt Harald hier völlig verkehrt, weil er nicht weiß, dass Astrid eine ausgebildete Forensikerin ist, die mit diesem, ihrem Skalpell selbst in rabenschwarzer Dunkelheit einen Männerkörper fachgerecht zerlegen und entbeinen kann.

Doch auch Harald ist kein Laie ohne entsprechende Kenntnisse und Erfahrungen. Vor seiner kriminellen Karriere focht er mit dem Säbel in der Regionalliga. Insofern kennt er die Finten, weiß um die kleinen Tricks, sein eigenes Repertoire ist umfangreich genug. Erschwerend kommt hinzu, dass er hier keine Rücksicht auf irgendwelche Regeln oder Schiedsrichter nehmen muss. Harald wird Astrid frontal angreifen, einen kurzen Ausfallschritt machen, sie links antäuschen und mit dem rechten Fuß einen Dropkick auf ihr Handgelenk anbringen. Da dürfte ihr dieses dämliche Hantieren mit dem „Messerchen" schnell vergehen. Danach würde er ihr einen solch knallharten rechten Haken auf die Herzspitze verpassen, dass ihr Körper augenblicklich in Schockstarre fiele. Wie bei einer Lokalanästhesie würde sie ihn dann kommen sehen, ohne schreien zu können, weil die Luft dafür nicht ausreichte. Gegenwehr käme nicht mehr auf.

Haralds neurophysiologische Systeme schließen kurz, seine Hirnströme blocken für zwei, drei Nanosekunden. Auf dem Monitor sieht es aus, als prallten sämtliche nachfolgenden Wellen auf die dort bereits stehenden und türmten sich zu einem unglaublichen Erregungstsunami auf. Frau Professor wird gleich den inneren Mann und seine ihn treibenden, obsessiven Chemikalien live zum Einsatz kommen sehen.

Haralds Augen weiten sich zum Angriff. Astrid missachtet die Vorwärtsbewegung, ignoriert den angetäuschten Ausfallschritt und konzentriert sich auf Haralds Füße. Variiert ständig ihre Position, wechselt blitzschnell das Skalpell von der linken in die rechte Hand und entgeht geschmeidig Haralds versuchtem Dropkick. Ihre Ausweichbewegung bringt sie so geschickt und nahe an Harald heran, dass sie mit dem Skalpell den klassischen Schnitt vom Brustbein bis hinein in die Weichteile führen kann. Haralds Bauchraum klappt auf wie ein Cordon bleu vor dem Befüllen. Aber hier wird nicht mit Schinken und Käse verfeinert, sondern gründlich entleert. Haralds Augen werden ungleich größer als durch die Einwirkung der Testosterone vor dem Angriff, wollen einfach nicht glauben, was sie da zu sehen bekommen: Sturzbäche von Blut! Mit unsicheren Schritten watschelt er im Kreis umher, bis er schließlich vornüber mit dem Gesicht auf den Boden knallt. Seine Gehirnströme auf dem Monitor flackern glühbirnenhaft ein letztes Mal auf, gehen aber danach in eine flachauslaufende Linie über und brechen ganz ab.

Kurze Zeit später liegt Harald bereits auf dem kühlen Metalltisch in der forensischen Medizin.

Frau Professor Dr. Dr. Hildegard Höll vermisst, wiegt, doziert in ihrem gewohnt belehrenden Ton und verweist vorwurfsvoll auf die klaffende Wunde:

„Also nein, Kindchen, was ist denn das für eine stümperhafte Schnittführung? Ja, ja, ich weiß, der Proband hat nicht stillhalten wollen. Aber das wollen sie alle nicht, solange sie noch leben. Zappeln herum und schnappen nach Luft wie frisch geschlachtete Weihnachtskarpfen. Hier bei uns liegen sie dann ruhig und wehren und beschweren sich nicht. Da ist plötzlich jedwede Triebhaftigkeit vergessen und erloschen, da kommt selbst das reumütigste Beten zu spät."

Gerade will die Professorin anfangen, die Hoden aufzuschneiden, um nachzusehen, inwieweit sich Haralds Verhalten auf seine Spermaproduktion ausgewirkt hat, als sie plötzlich innehält:

„Was tue ich da so vorschnell? Heute dürfen sie das natürlich machen, Kindchen. Diese Ehre haben sie sich redlich verdient. Sie wollen doch sicherlich selbst sehr gerne nachsehen, wo die weiche Stelle des harten Haralds zu finden ist. Und zeigen sie dabei, dass auch kleine Schnitte große Wirkungen haben können!"

Astrid tritt an den Tisch; die Professorin fährt fort:

„Gleichwohl können wir beide nicht so recht zufrieden sein, denn schließlich ist unser Experiment, wissenschaftlich gesehen, in wesentlichen Teilen unvollständig geblieben. Natürlich haben wir wichtige Daten sammeln können, die, wenn erst einmal ausgewertet, ganz entscheidende Aufschlüsse über die inneren Abläufe im männlichen System liefern werden. Die neurologischen Signale bei der stattgefundenen Vergewaltigung sind geradezu phänomenal, denn wo ist vorher schon ein derartiges Live-Protokoll dieser Art entstanden? Doch wir müssen auch erkennen, dass es eben zu keiner Datenerhebung bezüglich der Tötung selbst gekommen ist. Das ist natürlich schade. Diesen Zustand bezeichne ich schlicht als imperfekt! Konsequenterweise werden wir deshalb auch nicht umhin können, das gesamte Experiment zu wiederholen."

Jetzt wird sie grob, wechselt, wie sie es nennt, in das adäquate semantische Feld:

„Dieser Harald stellte sich ja nun als Nullnummer und Weichei heraus. Nannte sich großsprecherisch „harter Harald". Haha! Dass ich nicht lache! War selbst noch zum Schnackseln zu blöd. Zu etwas mehr Phantasie haben seine Spatzenhoden wohl nicht ausgereicht."

Dann wird sie wieder ernst, droht:

„Na, ich werde wohl abermals einen geeigneten Kandidaten für sie aussuchen müssen, Kindchen, diese noch offenen, ungeklärten Divergenzen zwischen ihrer Todesangst einerseits und seiner Tötungslust andererseits sollten wir uns genauer ansehen, daraus eine Arbeitshypothese generieren, die wir dann neuerlich zu überprüfen hätten. Und zwar möglichst zeitnah. Jetzt, da wir alle Schritte sorgfältig geplant hatten, sollten wir kurz vor dem Ziel einfach aufgeben? Wir müssen einfach wissen, was in den Systemen neurophysiologisch vorgeht! Nur sollten sie bei diesem Mal etwas entgegenkommender zu ihm sein, Kindchen! Wagen wir also einen erneuten Mutsprung für die Wissenschaft!"

Nachtrag:

Mit vielen blumigen Worten beschwört die Professorin den Leitenden Oberstaatsanwalt, das gescheiterte Experiment mit einem „kompetenteren" Probanden, wie sie es nennt, wiederholen zu dürfen. Der will nicht so recht, da sich jedoch auch Astrid dafür einsetzt, wird schlussendlich die Zustimmung erteilt.

Der Tag des zweiten Experiments ist gekommen. Astrid, mit ihrer EEG-Haube auf dem Kopf, macht sich wieder ostentativ am Labortisch zu schaffen. Ihr Herz klopft bis zum Halse, hat sie doch diesmal keine Vorkehrungen zu ihrer Verteidigung getroffen. Sie hat einsehen müssen, dass die Professorin niemals Ruhe geben wird, bis das Ergebnis zu ihrer vollsten Zufriedenheit vorliegen würde. Resigniert hantiert Astrid mit den Flaschen und Glaskolben.

Doch der erwartete Vergewaltiger und Mörder lässt sich unglaublich viel Zeit, obgleich er bereits seit Längerem im Institut ist. Immer nervöser schiebt Astrid den vorgetäuschten Versuchsaufbau hin und her, ordnet neu, arrangiert anders. Bei dem leisesten Geräusch sträuben sich ihre Nackenhaare.

Was sie nicht wissen kann, ist, dass dieser zweite Proband gar nicht kommen wird. Zäh wie Gummi dehnt sich die Zeit. Dann, nach einer weiteren halben Stunde des angestrengten Wartens, gibt Astrid völlig entnervt auf, kehrt in die Büroräume der Institutsleitung zurück, bereit, das Donnerwetter ihrer Chefin über sich ergehen zu lassen. Merkwürdig? Sie riecht Rauch, den Rauch einer Zigarette, obwohl das von der Professorin strengstens untersagt ist. Aber die regt sich darüber nicht weiter auf. Kann sie auch gar nicht mehr, denn sie liegt mit seltsam verrenkten Gliedern, geschändet und gemordet, auf dem Fußboden in ihrem Arbeitszimmer. Auf ihrem grauen Haar sitzt fest noch eine EEG-Haube, die auch durch den stattgehabten Kampf nicht verrutscht ist. Fast als starre sie noch neugierig darauf, hält die Professorin ihr Gesicht zum Monitor gewandt, auf dem ihre Hirnsignale längst erloschen sind. Der Mann vor dem Schreibtisch, der da ganz entspannt eine Zigarette raucht, hat seine Haube bereits wieder abgenommen. Als Astrids Augen verschreckt hin und her gehen, spricht er sie freundlich an:

„Keine Angst, Kindchen - so glaube ich, nannte ihre Chefin sie - ich tue ihnen nichts. Wie sie sehen, bin ich auf anderes Material spezialisiert. Gewiss erinnern sie sich noch an diese alte, hässliche Frau, bei der sie noch gerätselt haben, wer die wohl vergewaltigt und getötet haben könnte. Nun, hier sitzt ihre Antwort. Auch der Frau Professor hat die Frage keine Ruhe gelassen und so hat sie über eine private Detektei nach mir suchen lassen. Danach hat sie persönlich mit mir Kontakt aufgenommen. Als sie gemerkt hat, dass sie als Frau mich nicht gleichgültig ließ, hat sie mir diesen Deal angeboten. Sie bringe es einfach nicht über das Herz, ihre junge Kollegin, der noch das ganze wissenschaftliche Leben offen stehe, erneut dieser tödlichen Gefahr auszusetzen. Das habe sie ihr auch nur deshalb zugemutet, weil sie der Meinung gewesen sei, selbst nicht mehr als attraktiver Lockvogel in Betracht zu kommen. Wenn mir das recht sei, würde sie gerne mit mir das Experiment wiederholen. Na, und ob mir das Vergnügen bereiten würde! Sehr zu ihrer Freude willigte ich sofort ein. Mit der Frau Professor war alles bis ins Detail vorher abgesprochen. Und der Ablauf war, wie sie sich denken können, äußerst befriedigend für beide Seiten. Übrigens soll ich ihnen noch ausrichten, dass die Frau Professor eingangs die Besorgnis hegte, das Experiment könne vom Ergebnis her wissenschaftlich bedenklich werden, weil sie nicht die rechte Todesangst vor mir hätte. Bias, Verzerrung im Experiment, glaube ich, nannte sie dieses Phänomen. Aber ich versichere ihnen, Kindchen, dass ihre Todesangst, als es richtig ernst wurde, keinesfalls nur gespielt war. Zudem stellt ihnen die Professorin als Dank für ihre Loyalität sämtliche eigenen Unterlagen und Datensätze für ihre weitere Forschungstätigkeit zur Verfügung. Damit darf ich mich dann vorerst empfehlen. "